35
CUENTOS
EN 1

GRAN TESORO

PARA NIÑOS DE 5 AÑOS

Textos de Pat Posner, Deborah Chancellor,
Liz Holliday, Ann Harth, Jillian Harker, Nick Ellsworth,
Jan Payne, Nicola Baxter y Tony Payne

Ilustraciones de Michelle Mathers, Martin Remphry
y Diana Catchpole

Primera edición publicada por Parragon en 2011

Parragon Books Ltd
Queen Street House
4 Queen Street
Bath BA1 1HE, UK

Traducción: Nuria Caminero para Equipo de Edición
Redacción y maquetación: Equipo de Edición, S.L. Barcelona

ISBN 978-1-4454-4858-9
Impreso en China / Printed in China

35 CUENTOS EN 1

GRAN TESORO

PARA NIÑOS DE 5 AÑOS

Parragon

Bath • New York • Singapore • Hong Kong • Cologne • Delhi
Melbourne • Amsterdam • Johannesburg • Auckland • Shenzhen

Índice

El trabajo de ciencias

La madre de Juan hablaba por teléfono. Él, en las escaleras, escuchaba con gran atención.

«Misión comprendida, señor», dijo su madre. «Cuente conmigo». Colgó el teléfono y fue a la cocina a terminar de preparar la cena.

Juan entró en el despacho de su madre y vio su trabajo en la pantalla del ordenador.

Leyó todos los detalles de su nueva misión y sonrió.
«Parece que vamos a estar atareados», dijo en voz baja.
Su madre intentaba mantener su profesión en secreto, pero Juan sabía que era una agente especial. ¡Una espía! Trabajaba para la Unidad X, una organización secreta a la que el gobierno encargaba sus casos más difíciles.

Juan también tenía un secreto: a veces la ayudaba en sus misiones sin que ella se diera cuenta. En la pantalla leyó que había desaparecido un invento muy importante: un nuevo combustible para ahorrar energía. Su madre debía encontrarlo y devolverlo al Museo de la Ciencia... ¡lo antes posible!

«¡A cenar!», lo llamó su madre.
Juan salió del despacho y bajó las escaleras.
Su madre le sirvió un plato de pollo con puré de patatas. «¿Tienes deberes para el fin de semana?», le preguntó.

Juan tuvo una idea. «Sí, un trabajo de ciencias sobre la contaminación», respondió. «La profesora nos ha recomendado una exposición del Museo de la Ciencia. ¿Podemos ir, por favor?».
Juan contuvo la respiración. ¿Funcionaría? Su madre lo miró sorprendida. «¡Qué coincidencia!», exclamó. «Tengo que ir allí mañana por la tarde. Puedes venir conmigo».
Al día siguiente, su madre dejó el coche en el aparcamiento del Museo de la Ciencia. «Iré a hablar con la directora mientras ves la exposición», dijo. «Nos vemos en una hora».

«De acuerdo», respondió Juan. Pero en cuanto su madre se alejó, corrió hacia el lateral del edificio.
Vio una ventana abierta en la planta baja y entró. Se encontraba en un largo pasillo.
De repente, oyó una voz conocida: ¡era la de su madre!
Se escondió a toda prisa detrás de una planta. Su madre, que iba hablando con la directora, dobló la esquina.
«Aquí está mi despacho», dijo la directora mientras abría una puerta.

Juan suspiró aliviado al verlas entrar.
Justo entonces, oyó otra voz.
«¡Ven, gatito!». La voz procedía de una habitación cercana.
Un gato enorme pasó corriendo. Juan lo siguió hasta una sala de calderas, donde un anciano conserje le estaba poniendo comida en un cuenco. Juan lo observó a escondidas. El gato se frotó contra el hombre, ronroneando.
El conserje se rió. «Te gusta esta comida,

¿verdad?», dijo. El gato empezó a comer. «Lo que ya no te gusta tanto es la nueva arena para gatos, ¿verdad?», añadió el conserje. Miró la caja de arena que había en el suelo y mientras se iba exclamó: «¡No sirve de nada! ¡Pero cómo puede ser de color ROSA una arena para gatos!». Juan se acercó al gato para acariciarlo. Al pasar, miró la caja de arena: estaba llena de bolitas rosas brillantes. ¡Qué raro! Entonces, se fijó en la etiqueta de la bolsa que había junto a la caja.

No era arena para gatos: ¡era el combustible desaparecido!

Juan le dio una palmadita rápida al gato, tomó un puñado de bolitas y fue dejando un rastro desde la sala de calderas hasta el despacho de la directora.

Miró su reloj y vio que ya casi había pasado una hora. «¡Tengo que irme!», exclamó. Volvió corriendo a la exposición.

Al cabo de unos minutos llegó su madre. Estaba sonriendo.

«Ha sido más fácil de lo que esperaba», dijo. «¿Tú también has encontrado lo que buscabas, hijo?».

«¡Sí, mamá, gracias!», respondió Juan, devolviéndole la sonrisa.

El mercadillo

«¡Carol, Carol! ¡Queremos enseñarte una cosa!».
Carol suspiró al ver a sus hermanos pequeños, Jorge y Toni, irrumpir en su cuarto. «Estoy con mis amigas», les dijo. «Enseñádmelo después».

Cuando sus hermanitos se fueron, Carol volvió a suspirar. «Lo siento», dijo a Eva, Lidia y María. «Han venido a ver qué hacíamos».
«Pasa lo mismo en todas las casas», dijo Lidia. «Nuestros hermanos siempre nos interrumpen».
«Necesitamos un lugar tranquilo donde reunirnos», dijo María, comiéndose una de las magdalenas de chocolate de Carol. «¡Carol, son deliciosas!».

El padre de Carol llamó a la puerta y dijo: «¡Chicas, os traigo un zumo!». Carol abrió la puerta. «Gracias, papá», respondió.
«Os veo un poco serias», comentó su padre. «¿Qué os pasa? ¿Puedo ayudaros en algo?».
«No, a no ser que tengas una varita mágica y nos consigas un lugar tranquilo donde reunirnos», repuso Carol.
«¡Abracadabra! El garaje está libre».

A Carol casi se le cae la bandeja de las manos. «¿De verdad, papá?», preguntó.
«A mí también me iría bien», contestó su padre. «Tu madre lleva tiempo pidiéndome que lo vacíe. Tendréis que hacerlo vosotras si queréis utilizarlo».
Tras tomarse la merienda, las chicas se apresuraron a ir al garaje.
«Es un poco lúgubre», observó Carol.
«Tendremos que pintarlo».
«Primero hay que tirar todos estos trastos», replicó Eva.
«No todo son trastos», protestó Carol.
«Este cubo tiene un agujero, pero mi abuela usa este tipo de cosas como macetas».
Eva agarró un par de botas. «Hay una que tiene la cremallera rota», dijo. «Pero seguro que se puede arreglar. La otra está perfectamente».
«¡Ya lo tengo! ¿Y si organizamos un mercadillo?», propuso Lidia.

«Con el dinero que ganemos podemos comprar pintura».
«Carol, ¿por qué no preparas magdalenas para venderlas?», añadió María con entusiasmo. «¡Te quedan riquísimas!».
«¡De acuerdo!», respondió Carol, feliz.

Decidieron organizar el mercadillo al día siguiente. «Lo montaremos en el jardín», dijo Carol. «Pongámoslo todo en la mesa de bricolaje de mi padre».
Pero la gente compró menos cosas de lo que ellas esperaban. Lo único que realmente quería todo el mundo eran las magdalenas de chocolate de Carol.
Al volver al garaje, Eva se sentó en un banco de madera y contó el dinero. «Solo tenemos 6,65 dólares», anunció con un suspiro y con cierta decepción.

«¡Y al menos 5 de ellos son de la venta de las magdalenas!».
«¡No puede ser!», se sorprendió Carol.
«Déjame sitio, que lo volveré a contar».
Eva se movió hacia un extremo del banco, lo que hizo que se inclinara. La chica resbaló y cayó al suelo.
Entonces, Carol se dio cuenta de que el banco se apoyaba en dos botes de pintura.
«Es amarilla», leyó en la etiqueta. «Justo lo que necesitamos. Le preguntaré a mi padre si podemos quedárnosla».
«Por mí no te preocupes», replicó Eva.
«Estoy muy cómoda aquí en el suelo».

Carol regresó con una gran sonrisa en la cara. «¡Sí!», dijo. «Podemos quedarnos la pintura».

«Y con los 6,65 dólares nos bastará para comprar las brochas», añadió Eva. «¡Suerte de las magdalenas!».

«Solo nos falta un detalle», observó Lidia. «Ahora que ya tenemos sede, hay que ponerle nombre a nuestro club».

«¿No es evidente?», preguntó Eva.

«No», respondieron María y Carol.

«¡El Club de las Magdalenas!», dijo Eva.

La lección de Londres

Era el primer día de las vacaciones de verano. Laura, Juana y Raúl hacían las maletas. Su padre era guitarrista y se iba de gira mundial con su grupo. ¡Y mamá y ellos iban a acompañarlo! «No os dejéis ni el bañador ni los jerséis de lana», les aconsejó su madre. «Nunca se sabe lo que podréis necesitar durante el viaje».

«¡Ya está aquí el taxi!», avisó su padre.
«Papá», pidió Raúl cuando estuvieron todos dentro, «danos una pista: ¿adónde vamos a ir primero?».
Su padre sonrió. «De acuerdo», respondió. «Es una capital».
«¡Roma!», exclamó Laura.
«¡Washington!», propuso Raúl.
«¡Dublín!», aventuró Juana.

«Ninguna de las tres», contestó su madre. «Otra pista: el palacio de Buckingham».
«¡Londres!», gritaron a la vez, Laura, Raúl y Juana.
«Así es», confirmó su padre. «Nuestro primer destino es Londres».
En el avión, su madre les dio otra sorpresa. «Voy a proponeros un reto en cada lugar al que vayamos», les anunció. «Si los resolvéis todos, al final del viaje recibiréis un regalo muy especial».
Raúl se alegró mucho. «¡Qué fácil!», dijo. «Papá tiene muchos fans. En cuanto lo vean, nos ayudarán con los retos».
«¡Eso no vale!», replicó su padre. «Sería demasiado sencillo. Además, estaré ensayando la mayor parte del tiempo. Tendréis que hacerlo solos».
A su llegada a Londres, una enorme multitud de admiradores y periodistas esperaba a su padre y a los demás miembros de la banda.

Su padre charló con ellos un buen rato y les firmó autógrafos antes de ir al hotel. Una vez instalados en la habitación, su madre les comunicó el primer reto: «Quiero una fotografía en la que se vea *todo* Londres».
«Hay que encontrar un sitio realmente alto», dijo Juana, encendiendo el portátil. Unos minutos después, levantó la vista de la pantalla. «Creo que deberíamos montar en la noria gigante que hay junto

al río Támesis», propuso. «¡En esta guía turística pone que desde arriba del todo hay una vista de 40 km de alcance en todas las direcciones!».

Al día siguiente, su padre se fue a ensayar con su grupo y su madre los llevó a los tres a la orilla del río.

«¡Mirad, la noria!», exclamó Raúl.

La enorme atracción, con sus radios de metal y 32 cabinas de cristal, se alzaba sobre los edificios hasta tocar el cielo.

«¡Será genial!», dijo Laura cuando les llegó el turno de subir a la enorme cabina de cristal.

Mientras la cabina ascendía, de repente su madre señaló al otro lado del río:

«¡Mirad! El Parlamento y el Big Ben». Luego se dio la vuelta. «Y ahora mirad allí: ¡el palacio de Buckingham, donde vive la reina!».
«No sé hacia dónde dirigir la cámara», se quejó Juana. «¡Haga lo que haga, una gran parte de Londres se queda fuera de la foto!».
Y llegó el día de irse de la ciudad.

«Las vistas de Londres eran francamente asombrosas», comentó Raúl en el taxi que los llevó al aeropuerto. «Pero no hemos podido superar el primer reto. Nos hemos quedado sin el regalo especial».
Cuando el avión despegó, Laura miró por la ventanilla. «¡Juana, date prisa!», gritó emocionada. «¡Dame la cámara!».
Juana sacó a toda prisa la cámara de la mochila y se la dio a su hermana.
Laura acercó el objetivo a la ventanilla y tomó una fotografía.

«¡Fijaos!», les dijo a los demás con una sonrisa. «¡Se ve todo Londres!». «¡Enhorabuena!», los felicitó su madre. «Estaba convencida de que lo conseguiríais».

Peligro: ¡dragón!

«Mira lo que he encontrado en el desván». La madre de José entró en su cuarto con un libro antiguo y polvoriento entre las manos. «Creo que fue de tu abuelo cuando era pequeño», añadió mientras se lo daba. Después se marchó corriendo para seguir ordenando la casa.
José dejó el ordenador y se dispuso a examinar el libro.

En la primera página había el dibujo de un castillo. Lo miró de cerca: parecía de verdad. De repente, se sintió un poco mareado. «Llevo demasiado rato jugando con el ordenador», pensó. Cerró los ojos un instante pero, al abrirlos, se dio cuenta de que no se hallaba en su cuarto. Estaba cayendo a gran velocidad entre suaves nubes blancas... hasta que llegó al suelo, contra el que se dio un gran golpe. «¡Agáchate!», gritó una voz chillona. José se agachó. Una flecha pasó volando junto a su oreja. «¿Dónde estoy?», preguntó José. «¿Qué es ese estruendo?». «Tú no sabes nada, ¿no?», respondió la voz. «Estás en el tejado del castillo de Nif. Nos están atacando ¡y eso es el rugido del dragón del enemigo!».

José miró abajo. Un diminuto duende verde de orejas puntiagudas lo observaba fijamente. Mediría un par de palmos. «¿Has dicho *dragón*?», preguntó, atisbando por encima del parapeto. Entre los soldados que atacaban el castillo había una enorme figura terrorífica.

«¿Y yo cómo he llegado hasta aquí?».

«Ni idea», contestó el duendecillo alegremente. «Soy Chi, por cierto. ¿Me subes a tu hombro para que pueda ver qué sucede?».

Entonces, una lluvia de flechas afiladas cayó encima de ellos.
«¡Aaah!», chilló José. Se agachó, perdió el equilibrio y... ¡paf! ambos cayeron del muro al foso del castillo. Antes de que José supiera qué le estaba pasando, una mano lo agarró y lo sacó del agua medio ahogado.
«¡He capturado a un prisionero!», anunció triunfante un soldado enemigo.

Luego se puso a chillar y lo soltó. ¡Chi le estaba dando patadas en los tobillos! «¡Corre!», gritó el duendecillo. José agarró a Chi y echó a correr a toda velocidad, pero antes de que pudieran alejarse mucho los cubrió una sombra: era el ala del dragón.
Chi bajó de un salto. «Por favor, no nos hagas daño», rogó con un hilo de voz.
El dragón respondió con voz suave y profunda: «No quiero haceros daño».
José se dio cuenta de que llevaba puesto un bozal y tenía las alas encadenadas.
«El rey Barzán ordenó que me amordazaran y encadenaran», siguió el dragón. «Si me liberáis, os ayudaré».

«¡Ni caso, es una trampa!», exclamó Chi. José miró atrás. Cinco soldados enemigos corrían hacia él. Luego observó al dragón.

Su rostro era fiero, sin embargo sus ojos transmitían bondad.

«¡Tenemos pocas opciones, Chi!», dijo José tragando saliva. En un movimiento rápido, liberó al dragón de sus cadenas.

Con majestuoso batir de alas, el dragón voló hacia el cielo. Luego descendió en picado y ahuyentó a los soldados enemigos lanzándoles bocanadas de fuego.

El rey Iván y la reina Inés, monarcas de Nif, agradecieron al dragón, a José y a Chi que los hubieran salvado.
«¿Ahora me llevaréis de vuelta a casa?», preguntó José esperanzado.
«Lo siento, José, no puedo hacerlo», respondió el rey con un suspiro. «Creo que hay un vínculo mágico entre tu mundo y el nuestro. Hace muchos años fui a vuestro mundo a través de un dibujo, pero tuve miedo de que otras personas cayeran por él y no volvieran nunca, así que lo rompí en tres trozos y se los di a mi antigua profesora, la señora Pérez, para que los guardara».
«Tengo que encontrar a la señora Pérez», dijo José. «¡O no volveré a casa nunca!».

«Yo conozco el camino que lleva a su torre. ¡Te llevaré allí!», prometió Chi. «Toma este cuerno», ofreció el dragón. «Está hecho de una de mis garras. Si estás en peligro, silba y podré oírte. Pero ten cuidado: solo podrás usarlo una vez». De pronto, José sintió una gran añoranza de su casa. «Vamos, Chi», suspiró. «Supongo que no estamos muy lejos de la torre. ¡A lo mejor regreso a casa a tiempo para la cena!».

Baloncesto: el pequeño encestador

La entrenadora Ruiz dio una palmada. «Hoy tenemos dos alumnos nuevos», anunció. «Sofía y Daniel, acercaos, por favor».
Sofía y su hermano pasaron por debajo del aro de baloncesto y cruzaron la cancha. Se situaron junto a la entrenadora

Ruiz y miraron a sus nuevos compañeros. Estos les devolvieron la mirada.
«Os presento a Sofía y Daniel Gómez», dijo la entrenadora. «Son gemelos».
A continuación se volvió hacia Sofía. «En el Colegio Garcilaso tenemos varios equipos. ¿Cuál es tu deporte favorito?».
«El fútbol», respondió Sofía sin vacilar.
Un par de chicas de primera fila sonrieron e hicieron gestos de aprobación.
«¿Y el tuyo, Daniel?», preguntó la entrenadora.
Daniel contuvo el aliento y levantó la mirada hacia el aro. Daría lo que fuera por jugar en el equipo del colegio.
«Me gusta el baloncesto», balbució.
La entrenadora asintió, pero se oyeron risitas y murmullos de algunos de sus compañeros.
«¡Pero si eres demasiado bajo!», gritó un niño.

Daniel se puso rojo como un tomate. «¡No es verdad!», lo defendió Sofía. «Juega muchísimo con Marcos, nuestro hermano mayor».
La entrenadora se dirigió al niño que había gritado. «Jaime, ve a buscar los

balones de baloncesto, por favor», le pidió. «Vamos a jugar un rato».
El sonido familiar de los balones botando tranquilizó a Daniel. Se puso en la fila y lanzó el balón cada vez que le llegó el turno. Aunque había balones por todos los rincones de la cancha, él no falló ni una vez.
La entrenadora Ruiz hizo sonar el silbato. «Jaime y Daniel, venid, por favor».
Los dos chicos estaban uno al lado del otro, delante de la entrenadora. Daniel era mucho más bajo que Jaime. «Te he estado observando, Daniel», explicó la entrenadora. «Necesito un jugador más para el equipo». Y entonces le pasó el balón.

«Si consigues encestar y superar la defensa de Jaime, entrarás en el grupo».
Jaime se rió. «¿Preparado, enano?», preguntó. Abrió los brazos.
Toda la clase estaba en silencio. Daniel se puso de puntillas para mirar por encima del hombro de Jaime. ¡Qué lejos estaba la cesta! Respiró hondo.
«¡Si puedes con Marcos, puedes con Jaime!», lo animó Sofía, «¡vamos!».
Jaime agitó los brazos. «¡Venga, enano, muévete!».
Daniel reaccionó.

Dribló a su oponente y pasó por debajo de su brazo sin perder el control del balón. Corrió hacia el aro, pero Jaime se le plantó delante de un salto. Protegiendo el balón con el cuerpo, Daniel le dio la espalda y se alejó del aro a gran velocidad. La mente le iba más rápido que las piernas: estaba ideando un

plan. Marcos le había enseñado una nueva jugada. ¿Lo conseguiría? Al llegar al centro de la cancha, bajó el ritmo. Las pisadas de su rival se oían cada vez más cerca. Cuando le pareció que Jaime estaba en pleno sprint, dio un paso a un lado, se dio la vuelta y echó a correr hacia el aro.

«¡Eh!», exclamó Jaime a sus espaldas. Daniel lanzó el balón justo cuando Jaime lograba frenar. Ambos vieron el balón volar hacia la cesta y rebotar en el aro una, dos y tres veces antes de colarse por la cesta.

«¿Te sigue pareciendo demasiado bajo, Jaime?», gritó alguien.

Jaime recogió el balón y se lo entregó a Daniel. «Bienvenido al equipo», dijo sonriendo.

El misterio de la duquesa

«Juan, ¡ve a ordenar tu cuarto!», gritó su madre, que estaba de mal humor. «¡Pero si está ordenado!», protestó Juan mientras subía por las escaleras. «Debe de tener problemas con alguna de sus misiones», se dijo. «Voy a ver de qué se trata». Mientras su madre se duchaba, Juan le echó un vistazo a su ordenador.

«La duquesa de Miraflores sale de casa misteriosamente todas las noches», leyó. «El gobierno cree que podría ser una espía. Tu misión es descubrir qué se lleva entre manos».

Juan regresó a su cuarto. Esa noche seguiría a su madre al trabajo. Colocó una almohada debajo de la sábana para que Ana, la canguro, creyera que dormía si iba a ver cómo estaba. Apagó la luz, abrió la ventana y salió trepando por la pared. Se ocultó entre las sombras a esperar.

Poco después, su madre salió de casa y echó a andar por la calle.

Juan la siguió. Tras un breve viaje en autobús y un largo paseo, se detuvo junto a una casa enorme.

«Debe de ser la mansión de la duquesa», pensó Juan.

A su madre le sonó el móvil. Mientras contestaba, no se dio cuenta de que alguien salía sigilosamente de la vivienda por una puerta lateral.

Juan vio que era una mujer con gafas de sol (¡por la noche!) y supuso que se trataría de la duquesa.
Mientras su madre seguía hablando, Juan siguió a la duquesa por un callejón solitario que conducía a una calle llena de tiendas y restaurantes.
Vio a la duquesa entrar en el restaurante Casa Pepe y la siguió hasta el interior.
«¿Qué tomará esta noche, querida amiga?», le preguntó el señor de la barra.
«Lo de siempre, Pepe: ¡hamburguesa con patatas, por favor!», respondió la duquesa con alegría. «Qué pena que nunca lo sirvan en los banquetes a los que voy. ¡Por eso vengo aquí!».
Juan salió del restaurante sonriendo y volvió a su casa.
Al día siguiente, su madre tenía la noche libre.
«¿Podemos salir a cenar?», le preguntó Juan.

Su madre suspiró. «Sí», respondió con desánimo. «Hoy no tengo ganas de cocinar».
«Me apetece una hamburguesa con patatas», dijo Juan. «Y me han recomendado un sitio estupendo: Casa Pepe».

Una vez en el restaurante, Juan y su madre se sentaron a cenar. Poco después llegó la duquesa. ¡La madre de Juan estuvo a punto de atragantarse!

«¡Hola, querida amiga! ¡Qué alegría volver a verla!», la saludó Pepe.
«No consigo resistirme a sus exquisitos platos», repuso la duquesa con una sonrisa.

«A ver qué pido hoy... ¡Hamburguesa con patatas como siempre, por favor!».
La madre de Juan sonrió por primera vez en varios días. «¡Qué buena idea has tenido, hijo mío!», exclamó. «Me encanta este sitio».
Juan asintió. ¡Otro misterio resuelto!

Como peces en el agua

«¡Tierra llamando a Carol! ¡Tierra llamando a Carol!», bromeó María. Eva y Lidia se rieron.
«Perdona, ¿qué has dicho?», preguntó Carol. «Estaba pensando».
«¿En qué?», quiso saber María.
«Esta mañana he recibido un mensaje de la protectora de animales donde adoptamos a Boby», respondió Carol.

«Están recaudando fondos para construir un nuevo refugio para perros».
«Y quieres que les ayudemos, ¿verdad?», adivinó Lidia. Carol asintió.
«Veamos... Vender cosas no se nos da bien», recordó Eva con una sonrisa.

«En el mercadillo únicamente ganamos 6,65 dólares».
Lidia estaba muy concentrada.
«¡Ya lo tengo!», exclamó.

«¿En qué actividad hemos triunfado cada una de nosotras?».
«¿La natación?», aventuró María.
«Así es», confirmó Lidia. «Si nuestros padres nos dejan, podríamos organizar una exhibición con patrocinadores».
Las chicas decidieron ir a pedir permiso enseguida. Todos los padres y madres estuvieron de acuerdo.
«¿Y cómo conseguiréis el apoyo de los patrocinadores?», inquirió el padre de María. «No podéis ir puerta por puerta».
«¡Ya lo sé!», contestó María. «Mamá, ¿puedes llamar al encargado del supermercado y preguntarle si podemos ponernos en la entrada?». La madre de María trabajaba como cajera. Las cuatro amigas la miraron esperanzadas.
«De acuerdo», aceptó. «Ahora mismo le llamo».
Las muchachas esperaron impacientes. Cuando colgó, la madre de María sonrió

a las chicas e hizo un gesto de victoria con las manos.
Ellas le dieron las gracias con efusión y regresaron corriendo al club para planificarlo todo.
«No vamos a entrar en el supermercado», observó Carol. «Llevémonos a Boby y a Chispa, el perro de Lidia».
Lidia asintió. «Buena idea. Les podemos poner manguitos en las patas».
Las amigas pasaron el resto de la tarde elaborando un enorme cartel y hojas informativas.

Al día siguiente, la madre de María llevó a las jóvenes y a los dos perros al supermercado en su coche. Luego les indicó dónde debían colocarse. «Estaré en la caja ocho», señaló. «Así podré vigilaros».
María y Eva colgaron el cartel en la pared, junto a la entrada del supermercado. Lidia y Carol les pusieron los manguitos a los perros.
Mucha gente se detuvo a curiosear y sonreír, pero casi nadie se ofreció a patrocinarlas.

«Estoy harta», dijo Eva al cabo de un par de horas. «Nadie se apunta».
Justo entonces, un hombre y una mujer salieron de la tienda a toda velocidad.
«¡Corre, corre!», gritaba el hombre.
Boby y Chispa, nerviosos, se pusieron a dar saltos. La mujer tropezó con Boby y el contenido de su bolsa de la compra se esparció por el suelo.

Luego chocó contra
el hombre, que
también se cayó.
De repente, salió
corriendo del
supermercado
un guardia
de seguridad.

«¡Deteneos!», gritó.
Agarró a los dos escapados y los hizo entrar en el establecimiento, después de recuperar la bolsa de la compra.
Las chicas, muy alteradas, trataron de tranquilizar a Boby y a Chispa.
«¡Debían de ser ladrones!», exclamó Lidia, con mucha curiosidad.
Poco después salió el encargado.
«¡Muchísimas gracias!», dijo a las amigas. «Vuestros perros han evitado que esos ladronzuelos se salieran con la suya. Os merecéis una recompensa».

«¿Va a patrocinarnos?», preguntó María de inmediato.
El encargado sonrió. «Os propongo dos dólares por cada recorrido de la piscina», ofreció.
«¡Genial!», respondieron las chicas.
«¿Lo has oído, Boby?», dijo Carol abrazando al perro.
«¡Vamos a nadar más piscinas que nunca!», exclamó Lidia.
«¡No te quepa duda!», replicó Eva.

La prueba de París

El siguiente destino era París. Mientras el padre de Laura, Raúl y Juana ensayaba para el concierto de esa noche, su madre los llevó a visitar la ciudad.
Primero fueron a la Torre Eiffel y después pasearon a orillas del río Sena, donde había muchos artistas pintando cuadros.

«¿Cuándo nos propondrás el próximo reto, mamá?», preguntó Laura. «Pronto», respondió su madre. «Ah, ya hemos llegado...».
Se detuvieron delante de un café. «Vine aquí con vuestro padre hace muchos años», explicó mientras entraban. «Jamás he olvidado la exquisita *mousse* de chocolate que tomé. Vuestro reto es conseguir la receta». «Parece fácil», dijo Juana mientras los conducían a la mesa.
Sin embargo, su madre les contó que le había pedido la receta al chef y este había contestado que era secreta.
En la mesa de al lado, una mujer hablaba con el camarero. «¡La *mousse* de chocolate es deliciosa!», exclamó. «¿Podrían darme la receta?».
«Lo lamento, señora», repuso el camarero. «Es imposible».
«Estoy dispuesta a pagar lo que haga

falta», insistió la señora con una gran sonrisa.

El camarero sacudió la cabeza. «Mucha gente ha querido comprarla», replicó con arrogancia, «y el chef siempre se niega».

La señora suspiró y se marchó del café.

«¡No lo conseguiremos nunca!», susurró

Laura mientras el camarero se acercaba a tomar nota.
«Te equivocas», replicó Raúl. «Tengo una idea. Espera y verás». Miró al camarero: «Yo tomaré sopa, por favor».
El camarero volvió con los platos.
Al servir la sopa a Raúl, este se giró y le dio un pequeño codazo en el brazo.
¡PLAF!
La sopa se derramó por encima de la camiseta.

«¡Lo siento muchísimo!», se disculpó el camarero, tratando de limpiarle la prenda con una servilleta.
«¡Oh, no!», se lamentó Raúl. «¡Es mi camiseta preferida!».
«Acompáñame a la cocina y te la limpiaré», dijo el camarero. Mientras lo seguía, Raúl se dio la vuelta y guiñó el ojo a su familia.

En la cocina había un hombre robusto con un gorro alto que daba órdenes a los demás.
«Lo lamento, chef», dijo el camarero. «Se me ha caído la sopa encima de este joven».

«Es mi camiseta preferida», repitió Raúl. Se la quitó y se la dio al camarero.
El chef se dirigió al chico. «Lo siento mucho. ¿Quieres un poco de *mousse* de chocolate mientras esperas?».
Raúl asintió, encantado.
Tras probarla, dijo: «Está riquísima, pero el pastel de manzana de mi madre es aún mejor. Tiene una receta secreta que le dio mi abuela».

El chef enrojeció y se mostró enojado. «¡Tengo que aprender a preparar este pastel maravilloso que es mejor que mi *mousse*!», exclamó.
«No creo que mi madre le dé la receta. Es un secreto de familia», repuso Raúl.
El chef parecía a punto de echarse a llorar.
El camarero regresó con la camiseta.
«Bueno», comentó Raúl, pensativo, mientras se la ponía, «a lo mejor mi madre se la daría a cambio de la receta de la *mousse*. Si quiere se lo pregunto».

«¡Sí, por favor!», suplicó el chef. Fue al cajón y sacó una hoja de papel. «Esta es mi receta. ¡Pídele la suya a tu madre, te lo ruego!».
Con la receta bien agarrada, Raúl volvió con su familia.
«¡Enhorabuena!», lo felicitó su madre. Escribió la receta del pastel de manzana en una servilleta y se la dio. «¡Pero no se lo cuentes a la abuela!».

La torre de la señora Pérez

«¿Por qué están en guerra el rey Barzán y el rey Iván?», preguntó José mientras iban a ver a la señora Pérez.
Chi suspiró. «Hace nueve lunas, el rey Barzán pidió a la princesa Talia que se casara con él», explicó. «Pero la princesa se casó con el rey Iván y se convirtió

en la reina de Nif. El rey Barzán se enfadó tanto que juró destruirlos a los dos».

José se echó a temblar. El rey Barzán parecía un enemigo temible.

Cuando llegaron a la torre de la señora Pérez, ya era casi de noche y estaba saliendo la luna. José llamó a la puerta. No contestó nadie, así que volvió a llamar con todas sus fuerzas.

Una anciana asomó la cabeza por una ventana alta. «¡Marchaos!», gritó. «¡Ya no son horas de recibir visitas!».
«¡Señora Pérez, nos envía el rey Iván!», repuso Chi.
«¡Ah!», exclamó la antigua maestra. «Entonces será mejor que subáis».
Al cabo de unos minutos, se abrió la puerta y la señora Pérez los dejó entrar.
«He venido a pedirle ayuda», le dijo José. «Necesito que me dé los trozos del dibujo mágico que tiene escondido y que guarda para entregarlo al rey».

La anciana frunció el ceño. «Lo siento, pero no recuerdo dónde los dejé», contestó. «¡Adiós!».
José ahogó un grito. «¡Oh, no!», exclamó. «Sin ellos no puedo volver a casa. ¡Me quedaré atrapado aquí para siempre!».
La antigua maestra suspiró. «Si quieres, puedo intentar buscarlos», concedió.

Se acercó al sofá y levantó un cojín. «No están aquí», dijo. Luego levantó la tetera de encima de la mesa. «Y aquí tampoco», añadió.
«No me parece que esté buscando con muchas ganas», susurró José a Chi.

Chi movió la cabeza. «La señora Pérez está muy rara», contestó en voz baja. Y entonces, mientras la anciana se acercaba al armario, José vio su reflejo en un espejo colgado en la pared. ¡No se le parecía en nada! En el espejo, la señora Pérez era flaca y huesuda, con el rostro anguloso y los dientes largos. ¡Igual que los soldados enemigos! «¡Fíjate, Chi!», exclamó José, señalando el espejo.

«¡Oh, no!», se horrorizó Chi.
«¿Puedes decirnos qué está pasando aquí?», preguntó José.
«¿Y qué le has hecho a la auténtica señora Pérez?», añadió Chi.
«¡No me da la gana!», respondió el ser que se hacía pasar por la maestra. «¿Os creéis que me dais miedo? ¡Marchaos ya!».
«Voy a llamar al dragón del rey Iván», dijo José. Sacó rápidamente el cuerno. La falsa señora Pérez puso cara de susto.

«¡No!», chilló. Y, sin previo aviso, empezó a transformarse ante los ojos de José. En cuestión de segundos se convirtió en una columna de humo gris que desapareció por la ventana sin dejar rastro.

«¡Menuda huida!», exclamó Chi. «¡Debe de ser un transfigurante! El rey Barzán los utiliza como espías y son muy peligrosos. Lo único que puede hacerles daño es el fuego de dragón. ¡No me extraña que se asustara cuando amenazaste con llamar a nuestro amigo!».

En ese momento, José oyó unos golpes en lo alto de la torre.

«¡Socorro!», suplicaba una voz lejana.

José y Chi subieron a toda prisa por la escalera y hallaron a la auténtica señora Pérez encerrada en el último piso.

«Nunca podré agradeceros lo suficiente que me hayáis rescatado», dijo.

«Y ahora, ¿en qué puedo ayudaros?».
José le explicó que necesitaba los tres fragmentos del dibujo del rey Iván para poder regresar a casa.
«No están aquí», respondió la anciana. «Entregué uno a la hermana del rey y uno a cada uno de sus otros dos hermanos. Reinan en su nombre en las tres provincias más remotas de Nif».
«En tal caso, tendré que ir a verlos a los tres», se resignó José. «¡Esto se está convirtiendo en toda una aventura!».

Fútbol: trabajo en equipo

«¡Hola, Sofía! ¿Preparada para tu primer partido?», preguntó Celia, la capitana del equipo femenino de fútbol del Colegio Garcilaso.
Sofía terminó de atarse las botas y se puso en pie. «Creo que sí», contestó. «¿Qué tal es el equipo del Colegio Campoamor?».

«De los mejores», repuso Celia. «¡Será un gran partido, sin duda!».
Sofía miró a las gradas. ¡Había mucha gente! Le sudaban las manos y tenía mariposas en el estómago.
«¡Sofía!». Alguien la llamaba.
La chica vio a su hermano. Sonrió y lo saludó de lejos. Saber que Daniel estaba allí la hacía sentirse mejor. Saltó al campo y ocupó su posición.
«¡Adelante, Garcilaso!», exclamó Celia.
La entrenadora Ruiz colocó el balón en el círculo central y se apartó. El Garcilaso haría el saque inicial.
Celia corrió hacia el balón y se lo pasó a Ruth. ¡El partido había empezado!

El balón cruzaba el campo a toda velocidad, yendo de una jugadora a otra.
A Sofía se le olvidaron los nervios: le encantaba jugar a su deporte favorito.
«¡Julia!». Sofía pasó el balón a su compañera, quien chutó y lo estampó contra la red. La entrenadora Ruiz hizo sonar el silbato. «¡Gol!», gritó.

La primera parte pasó volando. Sofía corrió, atacó y defendió. Siempre estaba en el lugar adecuado para centrar el balón a la jugadora mejor colocada para el remate.
Al final de la primera parte, el Garcilaso ganaba por un gol. Iban 3-2.
Sofía saludó a Daniel con la mano al saltar al campo para jugar la segunda parte. Se alegraba de verlo. Solo le faltaba meter un gol y entonces se sentiría de verdad parte del equipo.

El partido prosiguió. El Campoamor volvió a marcar: ahora iban empatadas 3-3. Solo quedaban cinco minutos para el final y le tocaba sacar al Garcilaso.

Sofía se secó la cara y las manos en la camiseta. Necesitaban un gol más. ¿Lo conseguirían?
Celia chutó el balón y Julia corrió a buscarlo. Era rápida ¡pero no lo suficiente! Una delantera del Campoamor le robó el balón y dribló hacia la portería.

Sofía echó a correr tras la atacante. Sus pisadas retumbaban sobre el césped. La rival se le estaba escapando. Sofía intensificó el ritmo, alcanzó a la delantera y tocó el balón con la punta del pie. El balón se desplazó a un lado, lo justo para que Julia pudiera hacerse con él.
Julia condujo el balón de vuelta al otro campo. Sofía corrió tras ella.

«¡Sofía!». Julia le pasó el balón. Ella lo controló durante unos pasos, pero no estaba bien situada para tirar a puerta. Buscó a una compañera que estuviera sola. «¡Para ti, Celia!». Sofía le pasó el balón a la capitana del equipo y esta marcó el tanto de la victoria.
«¡Gol!», gritó la entrenadora Ruiz.
«¡Ha ganado el Garcilaso!».

Sofía corrió hacia sus compañeras para ayudarlas a llevar a Celia a hombros. De repente, se detuvo. ¡Se dirigían hacia ella!

«¿Qué hacéis?», preguntó Sofía. Las demás jugadoras la rodearon sonrientes.

«Hace falta más de una persona para marcar un gol, Sofía», dijo Celia, mientras ella y las demás la levantaban. «¡Y tú has ayudado a marcarlos todos!».

El secreto del presidente

«Hoy tengo que irme antes, Juan», le avisó su madre. «¡Hasta luego!». Cuando la puerta se cerró, Juan encendió el televisor. Le faltaba un rato para ir al colegio.

Puso el canal de noticias.
«Nadie sabe qué le ha ocurrido al presidente», anunció el presentador. A sus espaldas se veía una imagen del mandatario. «No se le ve en público desde hace más de una semana».

Juan bostezó y fue a buscar la cartera del cole. Al pasar por delante del ordenador, no pudo resistir la tentación de descubrir en qué misión trabajaba su madre.
En la pantalla había una fotografía de un hombre calvo. Le sonaba de algo.

«La semana pasada desapareció la peluca del presidente», leyó.
Volvió a mirar la imagen con sorpresa: ¡era el presidente, sin su espesa mata de pelo gris! ¡Llevaba peluca y nadie lo sabía! Juan siguió leyendo: «Su peluca de repuesto se la ha comido el perro y no pueden hacerle una nueva porque

el peluquero presidencial se ha roto el brazo en un accidente de esquí. Debe encontrar la peluca perdida lo antes posible, Agente Cial».

Juan sonrió. «Tendré que inventarme una buena excusa para llegar tarde al colegio», pensó.

Media hora más tarde, Juan se hallaba frente el jardín trasero de la residencia donde vivía el presidente. Tras asegurarse de que nadie lo viera, trepó rápidamente por el muro y se dejó caer al otro lado.

Se dirigió al edificio a escondidas y sonrió al observar que la puerta posterior tenía una gatera.

Se deslizó por ella y llegó a una cocina muy grande.
«¿Eres tú, Bruno?», preguntó una voz de mujer que se acercaba.

Juan se escondió a toda prisa detrás de los cubos de reciclar.
«¡Guau, guau!». Un perro grande y lanudo pasó rozándolo.
«¡Ven, Bruno, es hora de desayunar!», dijo la mujer.
Juan vio un armario y se escondió dentro.
«Esperaré aquí mientras le da de comer», decidió.

Era un armario de la limpieza. Cuando los ojos se le acostumbraron a la oscuridad, algo llamó su atención. «¡Qué plumero más raro!», pensó. Se inclinó para examinarlo de cerca: en realidad no era un plumero. «¡La peluca!», susurró Juan. ¡Alguien la había confundido con un plumero! Juan la sacudió y el armario se llenó de polvo. No pudo evitar toser. Cuando la mujer y el perro se marcharon de la cocina, Juan salió del armario con la peluca entre las manos y fue a buscar el despacho del presidente.
Cuando lo encontró, colgó la polvorienta peluca del pomo de la puerta y llamó con dos golpecitos rápidos. Después se escondió detrás de un sillón.

La puerta se abrió. Juan oyó un grito ahogado y luego vio una mano que agarraba la peluca y cerraba de un portazo.

El chico sonrió. «Creo que es hora de ir al colegio», se dijo.

Esa tarde, su madre llegó pronto a casa y de muy buen humor.

Juan estaba viendo las noticias. «¡Mira, mamá, el presidente!», exclamó. «¡Parece que hoy no se haya peinado!».

La fiesta

Ese día cumplía seis años Daniel, el hermano de Lidia. Su padre los había llevado a él y sus amigos al cine y después volverían a casa para celebrar

una fiesta. Las cuatro amigas estaban ayudando con los preparativos.
«¿Quién quiere hacer las barritas de arroz?», preguntó la madre de Lidia.
«¡Nosotras!», se ofrecieron Lidia y Carol.
«Necesitáis arroz inflado, mantequilla fundida y almíbar», indicó la madre.
«La mantequilla ya está fundida y mezclada con las nubes». Señaló un cuenco grande situado junto a un paquete de arroz inflado y una bandeja para horno.
«Eva y María, ¿podéis recubrir de chocolate las galletas de la bandeja, por favor?», preguntó la madre. «La cobertura está en ese cuenco de cristal».
«¡Claro!», respondió Eva con una sonrisa.

«¡Nos ha tocado lo mejor!», exclamó María. Ella y Eva chocaron las manos.

Lidia y Carol soltaron una carcajada. Una hora después, casi toda la comida estaba lista. La madre de Lidia sacó un pastel de bizcocho del horno y lo puso en la mesa de la cocina. «Cuando se enfríe lo decoraremos ¡y habremos terminado!», dijo.
Entonces se oyó un ruido a través del intercomunicador para bebés y la madre de Lidia miró el reloj. «Nilo se acaba

de despertar. Querrá la cena», explicó. Fue a buscar al hermanito de Lidia.
«¡Yo colocaré la trona, mamá!», gritó Lidia. Agarró la silla, que estaba en un rincón de la cocina, y la llevó hasta la mesa.
La madre de Lidia volvió con Nilo, aún soñoliento, entre los brazos.
«¡Es precioso!», exclamó Carol.
Sentaron a Nilo en la trona y le dieron un par de juguetes. Su madre sacó la cena del bebé de la nevera.

«¿Te gustaría darle de comer, Carol?», preguntó.
«¡Me encantaría!», respondió la chica, entusiasmada.
Se sentó en una silla junto a Nilo y empezó a darle la papilla, jugando con la cuchara como si fuera un avión.

Todas se reían y Nilo estaba tan emocionado que empezó a golpear la trona con los juguetes.
De repente, se le escapó el brazo y el martillo de juguete fue a caer encima del pastel de bizcocho.
«¡Oh!», exclamó Nilo.

Lidia se echó a reír y todas las demás la siguieron.
«¡Estoy llorando de risa!», dijo su madre, secándose las lágrimas con el delantal.

«¿A alguien se le ocurre cómo aprovechar el pastel?», preguntó.
«¡A mí!», contestó María. «Mi madre mezcla migas de bizcocho con chocolate fundido. Luego forma bolitas y las recubre de fideos de chocolate. Le ayudé a prepararlas en Navidad y son muy deliciosas».
Eva levantó el cuenco de cristal.
«¡Ha sobrado chocolate!», anunció.
«¡Perfecto!», dijo la madre de Lidia.
«Pero tendréis que ir rápido», añadió, echando un vistazo al reloj. «Daniel y sus amigos regresarán en media hora».
«De acuerdo», repuso Carol. «Lidia, podemos jugar con Nilo en el comedor mientras Eva y María preparan los dulces».
Lidia asintió. «Llevaré una sartén y una cuchara de madera para que Nilo se entretenga dando golpes», dijo.

Mientras Nilo jugaba alegremente, Lidia y Carol hincharon los globos. Media hora después, llegaron Daniel y sus amigos del cine.
«¡Genial!», se maravillaron.
Toda la comida preparada para la fiesta estaba en la mesa del comedor y había globos decorando las paredes.
¡Todo el mundo dijo que era la mejor fiesta a la que habían asistido jamás!

La sorpresa de Sídney

Juana, Raúl y Laura se pusieron contentísimos al saber que su próximo destino era Sídney, en Australia. «¿No vienes a hacer turismo con nosotros, papá?», le preguntó Laura cuando llegaron al hotel. «Solo esta vez».

«Lo siento», respondió su padre. «Tengo que ensayar con el grupo. Pero espero que me lo contéis todo cuando volváis».
Era un día muy caluroso y soleado, así que se pusieron sombrero y protector solar. Su madre los llevó a pasear por el puerto y a ver la Ópera de Sídney, donde el grupo de su padre iba a tocar esa noche.
El edificio era muy famoso por su gran originalidad.

«¿A que es bonito?», suspiró su madre. «Parece un montón de caracolas marinas», respondió Raúl.

«Mamá», dijo Juana, «nos encanta el paseo, pero ¿no vas a decirnos cuál es el siguiente reto? ¿Y si no nos da tiempo a resolverlo antes de irnos?».
«No os preocupéis, os lo diré mañana», repuso su madre.
«Vamos a ir a un parque natural», les comunicó al día siguiente. «Cuando lleguemos, os explicaré el siguiente reto».
Había un coche esperándolos a la puerta del hotel. Se subieron y se dirigieron a las montañas.
«¡Ha llegado el momento!», anunció su madre cuando llegaron al parque natural.

«Deberéis haceros una foto abrazando un koala».
«¡Qué divertido!», se alegró Laura. «¡Me encanta este reto!».
«Y no parece difícil», añadió Raúl.
Se subieron a un autobús amarillo con otros turistas. Un guarda forestal los llevó a ver los animales.

«Si miráis por la ventana, veréis ualabíes y canguros», les explicó el guarda. «Y en los árboles es posible que veáis un ave llamada cucaburra».
«¿Y los koalas?», preguntó Juana. «¡Queremos verlos!».
«Claro que sí», respondió el guarda, sonriente. «También hay koalas».
El autobús llegó a un lugar donde estaba

permitido bajar a tierra. Unos árboles altísimos parecían llegar hasta el cielo. «Allí están los koalas», les indicó el guarda, señalando hacia las copas de los árboles.

Era muy difícil verlos porque estaban muy arriba. Por suerte, su madre tenía unos prismáticos y los utilizaron por turnos para mirar.

«¿Hay koalas domesticados?», preguntó Laura. «Queremos fotografiarnos con un koala en brazos».
El guarda negó con la cabeza. «Aunque parezcan muy cariñosos, son animales salvajes», les advirtió. «Además, son una especie protegida, así que no los podemos tocar».
«¡Oh, no!», se lamentó Juana.
«¿Cómo vamos a superar el reto?», suspiró Raúl.

La visita terminaba en la tienda de regalos. Juana se fijó en los animales de peluche, entre los que también había koalas. «¡Voy a quedarme uno!», dijo. «Son para niños pequeños», protestó Raúl. «Yo prefiero gastarme el dinero en caramelos».
«Piénsalo bien», replicó Juana. «Mamá no ha dicho que el koala de la foto tuviera que ser de verdad, ¿a que no?». Juana se compró el peluche y pidieron a un guarda que les tomara una foto. «Tú ya sabías que no podríamos

fotografiarnos con un koala auténtico, ¿verdad, mamá?», preguntó Laura.
Su madre asintió. «¡En eso consistía el reto!».
«¡Hemos aprendido muchas cosas sobre los koalas!», exclamó Raúl.
Juana abrazó el peluche. «¡Y yo tengo un koala de recuerdo!», añadió.

El caballero

Tras un sueño reparador, la señora Pérez ayudó a José y a Chi a prepararse para su largo viaje al castillo de la duquesa Marta, en los lejanos Montes Orientales de Nif.

«Cuidad el uno del otro. Hay muchos soldados enemigos», les aconsejó la señora Pérez, introduciendo una manta y comida en la mochila de José.

«No se preocupe», respondió Chi. «¡Yo soy muy valiente y cuidaré de los dos!».

José sonrió y levantó a Chi para que se sentara en la mochila. Se despidieron de la señora Pérez.

Anduvieron todo el día, arriba y abajo, colina tras colina. Al fin, vieron ante sí el último monte y, en la cima, un castillo.

«¡Ahí está!», exclamó Chi. «¡El castillo de Nif Oriental!».

A sus pies había un valle por el que fluía un río muy ancho. Se dirigieron al puente pero, al llegar, José se detuvo.

«¡Escucha!», dijo. Oyeron unos pasos lentos y pesados que se acercaban.

Chi se escondió dentro de la mochila.
«¿Quién eres?», gritó José, con el corazón desbocado de miedo. Cerró los dedos en torno al cuerno del dragón. ¿Iba a necesitarlo ahora?
De detrás de un sauce llorón salió un caballero muy alto con una armadura plateada.
«Soy el guardián del puente», retumbó su voz. «La duquesa de Nif Oriental ordena

que paguéis 50 monedas de oro si queréis cruzar el río».

José miró al caballero consternado.

«No tenemos dinero», contestó.

«Entonces tendrás que batirte en duelo conmigo», declaró el caballero.

«Qué alto que es, ¿verdad?», susurró Chi desde la mochila.

«Lo sé», respondió José en voz baja.

«Tengo pocas posibilidades de ganar».

Chi salió de la mochila y saltó al suelo.

«¿Vas a enfrentarte a mí o no?», se impacientó el caballero.
«¡No!», contestó José. «Pelearse es una tontería».
«Lo siento, pero no estoy de acuerdo», dijo el caballero. ¡Clonc! La espada se clavó en el suelo, cerca de Chi.
«¡No!», chilló José. Miró a su alrededor y agarró el palo más gordo que vio.
¡Chas! El caballero hizo descender de nuevo la espada. José sacó el palo y evitó que la hoja alcanzara a Chi.
El caballero se volvió y blandió la espada hacia él. José esquivó el ataque dos veces seguidas.
«¡Huye, Chi!», gritó.
«¡No tienes que demostrar nada!».

«¡Ni hablar!», repuso Chi. «¡Mira esto!». Corrió hacia el caballero, dio un salto y lo agarró del cinturón. Ante el asombro de José, empezó a hacerle cosquillas. «¡Ja, ja, ja! ¡Para!», pidió el caballero, sin poder dejar de reír. Pero Chi siguió y el caballero, de tanto reírse, cayó al suelo... ¡partido por la mitad!
Del interior de la brillante armadura salieron dos duendes.

José agarró a uno del brazo. «¿Estás a las órdenes del rey Barzán?», lo interrogó.
«¿Yo?», gimió el duende. «¡Claro que no! Solo queríamos conseguir oro. Robar es más fácil que trabajar».
«Ya veremos qué le parece esto a la duquesa», respondió José con firmeza.
La duquesa Marta se enfadó mucho con los duendes y, como castigo, los envió a limpiar las jaulas de los animales.
«Ahora entiendo por qué últimamente no venía ningún visitante», reflexionó.
«Pero, Chi, ¿cómo has sabido que el caballero era en realidad un impostor?».
«No lo sabía», respondió Chi. «Pero no iba a dejar que José luchara solo contra el caballero y no se me ha ocurrido nada mejor».
«Sois los dos muy valientes», dijo la duquesa con afecto. «¿Cómo puedo recompensaros?».

José le habló del dibujo.
La duquesa sonrió. «Hace diez años que guardo ese fragmento de papel en el castillo», reveló. «Te lo doy encantada».
A José se le aceleró el corazón al tomar el pergamino de manos de la duquesa.
Lo miró de cerca: el dibujo parecía representar un trozo de una ciudad muy semejante a la suya.
Sonrió a Chi. «¡Solo nos faltan dos fragmentos!», exclamó.
«¿Listo para emprender la marcha otra vez?».

Natación: la carrera perfecta

«¿Cómo te van los entrenamientos de natación?», preguntó Sofía a su hermano mientras desayunaban.
Daniel se encogió de hombros.
«No consigo ir más rápido y solo faltan tres semanas para la competición».

Se puso la mochila al hombro.
«Álex García es muy bueno», observó Sofía. «Tendrás que esforzarte mucho para ganarle».
«Lo sé», repuso Daniel, listo para irse a la piscina. «Él entrena todos los días, igual que yo».

Daniel se había propuesto ganar los 200 metros libres y el premio correspondiente: cuatro entradas para ir al cine. Pero Álex García quería lo mismo.
De pie sobre el bordillo de la piscina, Daniel se puso a tiritar. Mientras, Álex ya estaba nadando a toda velocidad.

Daniel se lanzó al agua y empezó a nadar, primero lentamente, para calentar los músculos, y después cada vez más deprisa. Pasó varias veces a Álex, y otras tantas Álex lo pasó a él.
«¡Daniel!», lo llamó una voz apagada.
El chico acabó el recorrido y levantó la vista. Era Sofía. «¿Qué haces aquí?», le preguntó.
Sofía se sentó en el bordillo. «He venido a verte entrenar», respondió.
Daniel suspiró. «Creo que pierdo tiempo al dar la vuelta», dijo.

Sofía miró a Álex. Lo vio llegar al final de la piscina, girar sobre sí mismo y darse impulso contra la pared. «¡Hala!», exclamó. «¿Has visto eso?».
Daniel observó al otro nadador. «¿Que si he visto qué?», preguntó.
«Sus giros son perfectos», dijo Sofía. «Apenas pierde velocidad. Fíjate».

Álex dio otra vuelta rápida y se dirigió hacia ellos.
Daniel estudió en silencio sus movimientos. «Si estirara más las piernas y juntara los dedos de los pies, nadaría más rápido».
Sofía asintió. «Y si tú mejoraras las vueltas, también mejorarías tu marca».
Álex llegó al borde de la piscina.
Daniel hizo bocina con las manos.
«¡Álex!», lo llamó.
Álex se detuvo. Agitó la cabeza y miró a los gemelos.
«Tengo una idea», dijo Daniel. «Te ayudo a mejorar las brazadas si tú me ayudas a mejorar las vueltas».

Álex pareció dudar en un primer momento, pero luego salió de la piscina y se sentó en el bordillo. «Fenomenal», aceptó con una sonrisa.

Concurso de natación

Al cabo de unos días se celebró la competición.
«La carrera de 200 metros libres», anunció con energía la entrenadora Ruiz. «Nadadores, a vuestros puestos».
Daniel se colocó en su sitio. Lo mismo hizo Álex.
Sonó el silbato y Daniel se lanzó al agua. Nadó a toda velocidad, pensando en lo que Álex le había enseñado: tenía que acercarse más a la pared antes de dar la vuelta, para poder darse más impulso con las piernas.

Se acercó a la pared cuanto pudo, giró sobre sí mismo y se dio impulso. Álex estaba a su misma altura en el carril de al lado: ahora sus brazadas eran más rápidas gracias a los consejos de Daniel. El chico se esforzó al máximo, pero no logró dejar atrás a Álex, que seguía ahí, a su misma altura, tras cada recorrido.

Al fin, Daniel tocó la pared con la mano. La carrera había terminado. Se puso de pie. A su lado, Álex hizo otro tanto. ¿Quién había ganado?

La entrenadora Ruiz miró el cronómetro y se dirigió a los chicos con una sonrisa radiante en el rostro. «¡Habéis batido vuestros propios récords!», exclamó. «¡Y los dos sois plusmarquistas!».
«¿Los dos?», preguntó Álex.
«¿Hemos empatado?», inquirió Daniel.
«Así es», contestó la entrenadora. «¡Enhorabuena! El premio se divide entre ambos: dos entradas para cada uno. ¡Excelente trabajo, chicos!».

Misión especial en las montañas

Juan estaba ayudando a Ana, la canguro, a preparar la cena cuando su madre llegó a casa, entró en la cocina y puso dos billetes de avión sobre la mesa.
«¡Tengo una sorpresa! Mañana nos vamos a Suiza», anunció. «¡Así que ya podemos empezar a hacer las maletas!».
«¿Vamos a ir a esquiar?», preguntó Juan, emocionado.

«Sí, nos alojaremos en una lujosa estación de esquí», contestó su madre.
«¡Qué suerte!», exclamó Ana.
Juan sentía curiosidad. ¿A qué venían esas vacaciones improvisadas? «Seguro que tiene algo que ver con su trabajo de agente», pensó.
Mientras su madre hacía la maleta, Juan fue a su despacho y le fisgoneó el correo electrónico. Pronto descubrió el verdadero motivo del viaje: alguien había robado los planos de un nuevo avión espía y la misión de su madre consistía en recuperarlos. Un agente enemigo, Max Vado, tenía los planos en su escondite de las montañas suizas.
«Es su misión más peligrosa hasta el momento», se dijo Juan. «Menos mal que iré con ella».
«¡Es genial!», exclamó Juan cuando llegaron a la estación de esquí. Al ver las montañas nevadas, estuvo a punto

de olvidar por qué estaban allí. Estaba ansioso por ponerse los esquís y lanzarse a las pistas. Le encantaba esquiar.
Miró a su madre y vio que tenía los ojos clavados en un edificio situado en una cima cercana.
«Debe de ser el escondite de Max Vado», pensó Juan. Estaba muy arriba y su madre no sabía esquiar demasiado bien.

Era imposible que bajara esa montaña. «Tengo que darme prisa o mamá hará una tontería», se dijo.
Mientras su madre deshacía las maletas, Juan fue a dar una vuelta por la estación. Al ver una tienda donde vendían disfraces, se le ocurrió una idea. Compró un disfraz de perro San Bernardo y lo llevó a escondidas a su habitación.
«¡Por lo menos el disfraz me protegerá del frío!», pensó Juan al día siguiente, mientras se lo ponía.

Solo había una manera de subir a la montaña: en telesilla. Algunos esquiadores se rieron al ver a Juan disfrazado.

«¡No sabía yo que los perros esquiaran!», bromeó uno de ellos.
Una vez en la cima, Juan dejó atrás a los esquiadores. Se dirigió a la valla de seguridad que rodeaba la casa de Max Vado y la saltó.

Entró en el edificio por una ventana que estaba abierta, llegó al despacho del espía enemigo y empezó a buscar los planos.
«Tienen que estar en algún sitio», se dijo.

De repente aparecieron tres perros enormes. Juan estuvo a punto de echar a correr, pero se dio cuenta de que lo que querían era hacerse amigos de él. «Mi disfraz los ha engañado», pensó aliviado.
Encontró los planos, los agarró y echó a correr. Estuvo a punto de tropezar con un cesto para perros. «¡Qué bien!», exclamó mientras lo agarraba.

Se lo pasó bomba deslizándose montaña abajo montado en el cesto para perros y no tardó en llegar al hotel. Se dirigió a recepción.

«¿Podría llevar estos documentos a Esperanza Cial, por favor?», preguntó al empleado. «Habitación 303».

«¡A mamá le va a encantar el servicio de habitaciones de este hotel!», pensó Juan.

La representación de *La Cenicienta*

Sonia, la hermana pequeña de Carol, se rompió una pierna.
«Tenemos que animarla», comentó Carol con sus amigas. «Esta tarde los padres de un amigo suyo iban a llevarlos a los dos al cine a ver *La Cenicienta.*

Pero ahora ella no podrá ir; con la ilusión que tenía».
«¡Pobre Sonia!», exclamó Eva. «Debe de estar muy triste».
Lidia estaba pensativa. «Todas nosotras conocemos el cuento de *La Cenicienta*, ¿verdad?», observó.

«Podríamos organizar una representación sorpresa para Sonia esta tarde».
Fueron corriendo a contárselo a la madre de Carol. Sonia estaba en el comedor viendo la televisión con Jorge y Toni.
Se miró la pierna enyesada y se le escapó una lagrimita.
A la madre de Carol le encantó la idea.
«Ahora mismo llamaré a más gente para invitarla a la función», dijo.
«Los personajes son: Cenicienta, el Príncipe Azul y el hada madrina», expuso Lidia. «Eva, tú eres la más alta. Deberías hacer de Príncipe Azul».
Eva asintió. «Me pondré una corona».
«Yo seré el hada madrina», intervino María. «Mi hermana tiene unas alas y una varita de hada».
«Genial», repuso Lidia. «Carol, tú harás de Cenicienta. Y yo seré el reloj que da la medianoche. Me pondré una careta».
«Puedes utilizar la trompeta de Jorge

para dar las campanadas», sugirió Carol, y añadió: «Yo llevaré un vestido de fiesta». Las chicas se apresuraron a ir a buscar todo lo que necesitaban. En el garaje, Carol les enseñó una enorme calabaza vacía.
«Es la carroza de Cenicienta», explicó. «La ha hecho mi padre. La colocaremos sobre un monopatín y Boby la arrastrará».

«¿Estás segura de que Boby podrá hacerlo?», preguntó María, dubitativa.
«¡Claro que sí!», repuso Carol sonriendo.

Después le dio a Lidia la trompeta de Jorge. «También he tomado prestado el gato de peluche de Toni para que haga compañía a Cenicienta al principio».
La hora siguiente pasó volando y los invitados empezaron a llegar.
El padre de Carol se asomó por la puerta del garaje. «El público os espera», les comunicó, sonriente.
«Tenemos que salir ya», dijo Carol. «Si alguna se queda en blanco, ¡improvisad!».
Se puso un chal sobre el vestido, agarró el gato de peluche de Toni y salió al césped del jardín.

«¡Qué triste estoy!», recitó. «Mis hermanas han ido al baile y me he quedado a solas con el gato».
Toni estaba sentado en el césped, delante de las sillas. «¡Carol! ¡Ese gato es mío!», gritó.
«¡Cállate! Te lo devolveré después de la función», replicó Carol entre dientes y con mala cara.
María salió de la casa moviendo la varita mágica. «Soy tu hada madrina», declamó. «Quítate el chal. Tus viejos harapos se han convertido en un precioso vestido, Cenicienta. Puedes ir al baile, pero debes regresar antes de medianoche».
Sonó la música y Eva hizo su aparición. «Soy el Príncipe Azul», afirmó.
Carol y ella empezaron a bailar. Entonces apareció Lidia, disfrazada de reloj, e hizo sonar la trompeta.
«¡Esa trompeta es mía!», chilló Jorge.
Carol puso los ojos en blanco.

«La recuperarás cuando termine la obra», respondió, exasperada.
«¡Medianoche!», prosiguió. Corrió al otro lado del jardín. «¡Oh, no! ¡Mi carroza ha vuelto a convertirse en una calabaza!».
«¡Ahora, Boby!», gritó María.
Boby salió de detrás del cobertizo, ladrando con fuerza y arrastrando la calabaza.
El público se desternillaba de risa.

Eva se arrodilló ante Carol y tomó su mano. «No me importa que seas pobre, Cenicienta. Quiero que seas mi princesa». «Y vivieron felices y comieron perdices», gritó Jorge. «¿Me devolvéis la trompeta?». El público no paraba de aplaudir y vitorear. ¡Y Sonia más que nadie!

Recuerdo de Kingston

Laura, Raúl y Juana estaban muy tristes por tener que marcharse de Australia. ¡Hasta que les dijeron que ahora tocaba ir a Kingston, en Jamaica!
«Os vais a divertir mucho», aseguró su padre mientras el avión aterrizaba en la isla caribeña.

Al día siguiente, mientras su padre ensayaba, el resto de la familia fue a la playa. Su madre se tumbó a leer un libro y tomar el sol. Laura, Juana y Raúl jugaron a vóley-playa y se refrescaron en las cristalinas aguas del mar.

«¿Cuál creéis que será el próximo reto?», preguntó Juana, flotando de espaldas.

«¡Ni idea, pero espero que se pueda resolver en la playa!», deseó Laura.

Al mediodía tomaron pollo a la jamaicana y fruta fresca recién recolectada. Había plátano, piña y mango, así como varias frutas cuyo nombre no conocían.
«Creo que el siguiente reto os va a gustar», anunció su madre después de comer. «Quiero que encontréis un objeto que me sirva de recuerdo de Jamaica cuando regrese a casa».
«Es un reto muy bonito», comentó Juana cuando su madre volvió a enfrascarse en la lectura.
«Se me ha ocurrido una idea», dijo Laura. «¿Y si le damos una deliciosa piña

fresca como recuerdo de nuestros días en Jamaica?».
«En casa tomamos piña en almíbar a todas horas», repuso Raúl. «Yo creo que sería mejor un mango».
Juana parecía dudar. «Pero no podrá conservar una fruta para siempre», observó. «Tarde o temprano se pudrirá y tendrá que tirarla».
«Llevas razón», admitió Laura.
«Tendremos que seguir pensando», sentenció Raúl.
«Hoy iremos a visitar el mercado», les comunicó su madre al día siguiente.

Era un lugar muy bullicioso. Había puestos repletos de fruta y verdura o de pescado fresco, y otros en los que se vendían pañuelos y faldas de colores vivos, estatuillas y cofres de madera, o collares de cuentas.

«¿Y si le regalamos un pañuelo a mamá?», sugirió Juana. «Siempre le recordará Jamaica, porque sabrá que se lo compramos aquí».
«Démonos prisa», respondió Laura. «Escojamos uno ahora que no nos mira».
«¿Qué tal ese?», propuso Raúl, señalando uno rojo y verde.

«No», se opuso Laura. «El amarillo y azul, que le quedará mejor».
«A mí me parece más bonito el violeta», terció Juana.
«¡Estabais aquí!», exclamó su madre.
Los hermanos se dieron la vuelta y vieron a su madre con un hermoso pañuelo verde y dorado.
«¡Mirad lo que me he comprado!», dijo sonriente. «¿A que es precioso?».

«¡Tendremos que seguir pensando!», se resignó Raúl.
Por la tarde volvieron a ir a la playa.
«Es mi lugar preferido de Jamaica», suspiró su madre.
«¡Ya lo tengo!», susurró Laura. «Hay que encontrar algo que le recuerde las playas de Jamaica».
Laura vio una caracola en la orilla. Corrió y la agarró. Era de un hermoso color blanco anacarado con reflejos rosados.
«¡Es perfecta!», exclamó, entusiasmada. «Mira qué bonita, mamá...», dijo Laura.

«¡Y lo mejor de todo es que, si te la pones en la oreja, podrás oír el ruido del mar!».
Mamá se puso la caracola junto al oído. «Así es», afirmó con una sonrisa. «Pero no podemos quedárnosla, porque no hay que llevarse cosas de la playa».
«¡Qué pena!», se entristeció Raúl. «No hemos conseguido superar este reto».
Su madre sonrió y sacó la cámara de la bolsa. «¡Pero podemos fotografiarla!», exclamó. «La foto también me servirá para acordarme de Jamaica».

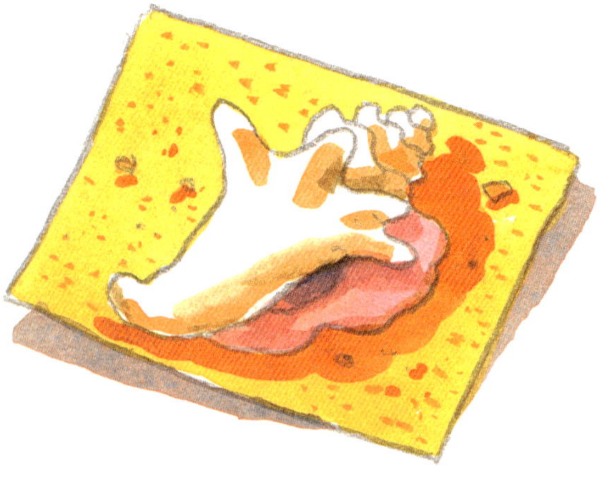

Los duendes peligrosos

De camino al castillo del duque Óscar, en los Montes Occidentales, José y Chi se detuvieron a los pies de un gran árbol centenario para descansar y comer algo. De repente, salieron corriendo de entre los árboles un niño y una niña.

«¡Socorro!», gritó la niña al ver a José y a Chi. «¿Hay algún lugar para escondernos? ¡Nos persiguen los duendes!».
«¡El árbol!», gritó Chi, señalando hacia el interior del tronco hueco.
Los cuatro se apresuraron a meterse dentro. Por una rendija, José vio un grupo de duendes jóvenes cabalgando a lomos de lobos de aspecto feroz. Al ver que se acercaban, contuvo el aliento. Los animales empezaron a olfatear la hierba que rodeaba el árbol centenario.

«Deben de estar cerca», gruñó el líder de los duendes. «Si no, los lobos no se habrían parado. David, Maya, descuidad, ¡vamos a encontraros!», amenazó.
José tragó saliva.

Justo entonces, un rugido ensordecedor acalló las voces de los duendes. ¡Venía de *dentro* del árbol! El bramido daba más miedo que un trueno.
«¡Un ogro!», exclamó Maya. Se encogieron cuanto pudieron al paso de la fornida y hedionda criatura. Por suerte, al ogro solo le interesaban los duendes.

«¿Cómo osáis molestarme?», rugió, tratando de agarrarlos. Entre alaridos y aullidos, los duendes y los lobos huyeron. Sin embargo, uno de los duendes resbaló y cayó al suelo. El ogro lo agarró y se lo llevó a la boca.

«¡Va a comérselo!», se horrorizó David. «¡Ya sé que es un duende, pero tenemos que evitarlo!».

Chi dio un silbido insoportable. El ogro rugió de nuevo, dejó caer al duende y echó a correr tapándose los oídos.

«Siempre funciona para ahuyentar a los ogros», explicó Chi.

José se acercó al duende y vio que se había hecho daño en la pierna.
«No podemos dejarlo aquí», dijo David.
«Si me lleváis al límite de la Depresión de los Duendes nadie os verá», dijo el herido.
A medida que se acercaban al siniestro lugar, José empezó a ponerse nervioso.
«Dejadme aquí», susurró el duende cuando llegaron a un árbol encorvado.
¡Demasiado tarde! Una voz ladró «¿Quién anda ahí?», y de detrás del árbol salió un duende armado con una lanza.
«¡Los hijos del duque Óscar!», exclamó al ver a Maya y David. «Vosotros no os movéis de aquí».

«Enviad un mensaje al duque: decidle que si quiere recuperar a sus hijos, deberá entregar sus tierras al rey Barzán», ordenó el jefe de los duendes cuando tuvo a los cautivos en su presencia. «¡Encerradlos en la cárcel!», terminó. Poco después oyeron una llave en la cerradura. El duende al que habían ayudado entró sigilosamente. «¡Rápido!», susurró. «La puerta trasera está abierta y el guardia duerme. ¡Huid! No puedo dejaros aquí».
Mientras salían de puntillas por la puerta, un lobo aulló y el guardia se despertó.

«¡Corred!», gritó José. Corrían con todas sus fuerzas, pero los duendes y los lobos estaban a punto de alcanzarlos.
José se sacó del bolsillo el cuerno de dragón y sopló con fuerza. ¡No hizo ningún ruido! ¿Funcionaría? Los lobos estaban tan cerca que José les veía los ojos brillar. Miró al cielo y vio una manchita minúscula que se fue haciendo cada vez más grande. ¡El dragón!

Descendió con un temible rugido y los duendes huyeron aterrados. Entonces se oyó un estruendo de caballos al galope. «¡Mirad!», gritó José. A lo lejos se veía un grupo de jinetes.
«¡Papá y sus hombres vienen a rescatarnos!», exclamó Maya.
«Te presento a José», dijo David a su padre. «¡Nos ha salvado de los duendes!».
«Mi hermana envió un mensajero para avisar de que vendrías», explicó el duque. «Veo que eres tan valiente como dijo. Y antes de que me lo preguntes: sí, tengo el segundo fragmento del dibujo. Toma».

Atletismo: un don insospechado

«¡Oh, no, nos toca Silvia!», susurró Jaime a Daniel y Sofía. «Es malísima». Hoy en clase iban a jugar un partido de baloncesto.
«Dale una oportunidad», contestó Sofía. Silvia se acercó a su equipo con la cabeza gacha.

La entrenadora Ruiz sostenía el balón. «¿Preparados?», preguntó. Hizo sonar el silbato.
Sofía se dio cuenta de que Silvia se apartaba cada vez que el balón estaba cerca. A pocos minutos para el final, Daniel gritó: «¡Silvia, eres la que está mejor situada!», y le pasó el balón.
«¡Atrápalo!», exclamó Jaime.
Silvia corrió, con los brazos todo lo extendidos que podía.
Sofía contuvo el aliento.
El balón resbaló entre las manos de Silvia y rebotó en el suelo.
Pablo, un jugador del otro equipo, atrapó el balón y se dirigió al otro extremo de la cancha a toda velocidad. Lanzó el balón y este entró limpiamente en el aro.
«¡Canasta!», celebró su equipo.
La entrenadora hizo sonar el silbato con fuerza.
El partido había terminado.

Tras el partido, Sofía vio a Silvia salir del gimnasio muy abatida. Apretó el paso para alcanzarla. «Anímate, Silvia», dijo. «Es solo un juego».
«Lo sé», contestó Silvia con un hilo de voz. «Pero es que soy malísima jugando a baloncesto». Se encogió de hombros y se marchó cabizbaja.

«¿Has oído hablar de la carrera solidaria?», preguntó Daniel a su hermana. «Buscas patrocinadores y corres el máximo de vueltas en la pista de atletismo». En ese momento vieron a Silvia corriendo junto a su hermano mayor. Ambos llevaban una mochila repleta de periódicos a la espalda.

Sofía abrió los ojos de par en par. «¡Qué rápida es Silvia!», exclamó. «Pues debería apuntarse a la carrera», sostuvo Daniel. Sofía asintió y echó a correr hacia su compañera. «¡Eh, Silvia!», la llamó. La muchacha se detuvo para que los hermanos pudieran alcanzarla.

«¡Qué rápido corres!», exclamó Sofía, casi sin aliento.
Silvia se encogió de hombros. «Es para acabar antes el reparto», repuso.
«Creemos que deberías participar en la carrera solidaria», dijo Daniel.
La chica se sorprendió. «¡Pero si el deporte se me da fatal!».
«Correr se te da bien y es un deporte», subrayó Sofía.
Daniel señaló los diarios.
«Al ayudar a tu hermano, estás entrenando todos los días», añadió.
Silvia bajó la mirada y arrastró los pies.
«Bueno, lo pensaré», contestó.

El día de la carrera, los gemelos se colocaron junto a los demás corredores.
Daniel le hizo un gesto a Sofía.
«Ahí está Silvia», dijo, señalando al otro lado del grupo.
Sofía sonrió. «¡Genial!», exclamó.
«Confiaba en que al final vendría».
«¿Listos, atletas?», preguntó la entrenadora Ruiz. «Tenéis una hora».
¡Y dio el silbido de salida!
Sofía y Daniel empezaron a correr.
Poco después, Silvia los adelantó.

A los treinta minutos, la mitad de los corredores habían abandonado y se habían sentado a ver la carrera. A los cincuenta minutos, quedaban muy pocos atletas en la pista. Y muy por delante de todos iba Silvia, corriendo más que nadie.

La entrenadora Ruiz hizo sonar el silbato. «¡Fin de la hora!», anunció.

Silvia se dejó caer en el césped, al lado de Sofía y Daniel. «¡Teníais razón!», exclamó radiante. «El atletismo es un deporte que se me da bien».

«Corredores, acercaos, por favor», pidió la entrenadora.
«Todos habéis corrido como campeones», afirmó, «pero el récord de vueltas lo tiene... ¡Silvia!».
Todo el mundo la aplaudió y felicitó.
La entrenadora estaba muy contenta.
«Y ahora que nos has demostrado de lo que eres capaz, confío en que te apuntes al equipo de campo a través», añadió.
Silvia sonrió, feliz. «¡Por supuesto!», contestó.

Tecnología punta

«¿Me regalarás un móvil nuevo por mi cumpleaños?», preguntó Juan a su madre. «¿Con cámara de fotos y reproductor de música? ¡Algunos tienen incluso pantalla de televisión incorporada!», añadió esperanzado.
Su madre lo miró. «¿Tú sabes lo que cuestan?», respondió. «Lo siento, Juan, pero son demasiado caros».

Juan suspiró. Su madre no lo entendía. Ella podía disfrutar de la última tecnología siempre que quisiera, era parte de su trabajo como agente secreta, pero él no podía.
«Voy a hacer la cena», anunció su madre. Se levantó y fue a la cocina.
Juan se sentó delante del ordenador, preguntándose si aparecería en pantalla la nueva misión de su madre.
Lo que había era un mensaje de la tía Rosa preguntando qué podía regalarle a Juan por su cumpleaños. El chico pensó en contestar él y proponerle un teléfono móvil. Sonrió. Mejor no hacerlo.

Entonces vio un mensaje señalado como TOP SECRET en la bandeja de entrada de su madre y lo abrió.

Querida agente:
Nos complace invitarla a la Muestra de Tecnologías de Espionaje.
Fecha: Sábado 16 de julio a las 14 h.
Lugar: Sala Regia del Hotel Palacios, calle del Rey, número 1, Londres.
La asistencia es obligatoria.

«¡Vaya!», suspiró Juan. «¡Qué suerte tiene mamá!».
«¡Date prisa, Juan!», lo llamó su madre.
Del susto que se llevó, hizo clic sin querer en *Borrar*.
«¡Oh, no!», exclamó horrorizado. Esperaba que su madre recordara la dirección. Si le contaba lo sucedido, descubriría que leía su correo a hurtadillas.

Esa noche, su madre se pasó horas delante del ordenador. Al día siguiente se la veía muy preocupada.
«¿Vas a ir hoy al trabajo, mamá?», le preguntó Juan.
Su madre negó con la cabeza.
Juan no dijo nada, pero se sentía muy culpable. Por suerte, tuvo una idea: si no podía decirle dónde era el evento, a lo mejor podía llevarla hasta allí.
«¿Y si visitamos Londres en el bus turístico?», propuso. «Hoy hace sol».
«Buena idea», respondió su madre.

El recorrido del autobús pasaba por todos los lugares famosos de la ciudad. Cuando se acercaron a la calle del Rey, Juan se preguntó si su plan funcionaría. Miró el reloj. Eran las 13.50 h.

Su madre vio el Hotel Palacios y dio un salto. ¡Se había acordado!

«Juan, acabo de ver a unos amigos del trabajo a los que me gustaría saludar», dijo, levantándose. «Quédate aquí y termina el recorrido. Iré a recogerte».

«De acuerdo», repuso Juan con una sonrisa al verla apearse. «Hasta luego».

Pero el chico se bajó del autobús en la siguiente parada, fue andando hasta la calle del Rey y entró en el Hotel Palacios. «¡Tendré que asegurarme de que mamá no me descubra!», pensó.

Juan disfrutó de lo lindo probando aparatos asombrosos. «Esto es aún mejor que el móvil que yo quería», se dijo al ver un dispositivo de seguimiento por satélite. Escribió el nombre de su madre y su imagen apareció en la pantalla.

¡Estaba en la parada del autobús!
«¡Uy, tengo que irme!», exclamó. Devolvió el artilugio y se marchó. «¡Hola, mamá!», la saludó, tras darle un golpecito en la espalda.
«¿Dónde te habías metido?», lo riñó. «¡No estabas en el autobús que acaba de llegar!».

«Perdona, mamá», contestó Juan. «Me he mareado un poco, así que he tenido que apearme un par de paradas antes. Después he venido andando hasta aquí». Su madre lo abrazó. «¡Pobrecito!», exclamó. «¿Quieres ir al cine? Acaban de estrenar una película de espías». «¡Fantástico!», repuso Juan. Al final iba a ser un día redondo.

Vestuario renovado

Isabel estaba repartiendo invitaciones en clase.
«¡Una fiesta de cumpleaños con música *country*!», exclamó Eva al recibir la suya.
«¡Muchas gracias, Isabel!», dijo María.

La anfitriona de la fiesta sonrió. «Voy a invitar a toda la clase», explicó. «No vayáis muy arregladas: poneos camiseta, vaqueros y botas».

Todas asintieron con una sonrisa.

Lidia empezó a mordisquearse el pulgar.

«¿En qué estás pensando, Lidia?», preguntó María.

«¡Cuéntanoslo, anda!», pidió Carol.

«Ya sé que Isabel nos ha dicho que no nos arreglemos para la fiesta, pero... me gustaría estrenar ropa», admitió Lidia.

«A mí también», confesó Carol.

«Tengo camisetas muy bonitas, pero todo el mundo me las ha visto puestas muchas veces».
María y Eva asintieron con la cabeza. «Tendremos que destinar la paga a los regalos de cumpleaños de Isabel», observó Eva. «Así que si queremos comprarnos unas camisetas nuevas bien lindas debemos conseguir dinero extra».

Las amigas ayudaron al padre de Lidia a cortar el césped (¡AGOTADOR!), pintaron una valla para la abuela de Eva (¡DIVERTIDO!), quitaron el polvo del comedor para la madre de Eva (¡LABORIOSO!) y fregaron una MONTAÑA de platos para el padre de Lidia. Así ganaron suficiente dinero para comprarse una camiseta cada una.

Elena, la hermana mayor de Eva, se ofreció a llevarlas de compras. Antes de iniciar el recorrido por las tiendas fueron a una cafetería a tomar algo. Estaban tan emocionadas que, sin querer, alguien derramó un batido triple de chocolate. El líquido, oscuro y espeso, fue a caer en la falda de ante de Elena. «¡Qué mala suerte!», se lamentó. «¡Mi falda nueva! Esta mancha no se irá nunca». Eva se mordió el labio y miró a sus amigas. El Club de las Magdalenas en pleno le leyó el pensamiento. La cuatro chicas tomaron el

dinero que habían ganado y se lo dieron a Elena para que se comprara una falda nueva.
Al volver al garaje, envolvieron los regalos de Isabel y escribieron las tarjetas de felicitación.
«Tendremos que ponernos la ropa de siempre», se resignó María.
De repente, Eva dejó de envolver.
«¡Tengo una idea genial!», exclamó.
«Si nuestras madres nos dan permiso, podríamos hacer un trueque de prendas».
«¡Estupendo!», contestó Carol. «¡Un cambio de imagen!».
Las chicas fueron a buscar las camisetas y vaqueros que deseaban intercambiar y los llevaron al garaje.
Empezó Eva porque la idea había sido suya. Escogió una camiseta de rayas de Lidia, así que ahora le tocaba a esta:
«Quiero los vaqueros negros».
«Eran míos, así que ahora voy yo»,

intervino Carol, que al final optó por una camiseta azul.

«¡Bien!», exclamó María. «¡Así yo puedo quedarme la camiseta amarilla!».

Al día siguiente, Eva tenía una sorpresa. «Elena me ha dado la falda que echamos a perder», les comunicó, «y con los trozos aprovechables he hecho cinturones de ante y flecos para las botas».

«¡Qué buena idea!», se alegró Lidia.

María y Carol, contentísimas, empezaron a pegar los flecos.
El padre de María se ofreció a llevarlas en coche a la fiesta.
«¡Botas con flecos!», comentó cuando subieron al vehículo. «¡Son perfectas para bailar *country*!».

Noche en Nueva York

El siguiente concierto del grupo era en Nueva York, una ciudad bulliciosa y emocionante, en contraste con la playa. Durante el desayuno hablaron de los lugares que querían visitar.

«Me gustaría ir en barco a ver la Estatua de la Libertad», dijo Juana.
«Pues a mí, subir al último piso del Empire State Building», intervino Raúl.
«Yo... el zoo de Central Park», terció Laura.

«De acuerdo, hay tiempo para todo», aceptó su madre. «Pero antes debo plantearos el último reto». Los miró y sonrió. «Luz Casas, mi cantante favorita, está en Nueva York para dar un concierto esta noche. Quiero que me consigáis su autógrafo».

«¡Si papá nos ayuda será fácil!», saltó Raúl.

«¡Eso sería trampa!», repuso su padre, haciéndose el ofendido en plan de broma.

«¡Qué difícil!», exclamó Juana mientras ella y sus hermanos esperaban a su madre en el vestíbulo del hotel. Su padre estaba ensayando, como siempre.

«Podríamos comprar entradas para el concierto de Luz y luego ir a su camerino», propuso Raúl.

«No creo que nos dejaran pasar», replicó Laura. «Recuerda que no podemos utilizar a papá para superar el reto».

«Alguien debe saber dónde encontrarla», intervino Juana. «No creo que se pase el día entero en su habitación».
El portero del hotel parecía conocer a todo el mundo. Raúl le preguntó por Luz. «Siempre que viene a Nueva York lleva a su perrito a pasear por Central Park a las once de la mañana», respondió.
Raúl miró el reloj: ¡las diez y media! Se lo dijo a sus hermanas y los tres subieron para pedir a su madre que los llevara a Central Park.

El parque era enorme. Por suerte, el portero les había indicado el punto exacto donde hallar a la cantante.
«¡Ahí está!», dijo Laura señalando a una mujer que llevaba un chándal rosa y gafas de sol. Estaba paseando a su perrito con una correa de pedrería y la rodeaban tres robustos guardaespaldas.
Los tres hermanos se dirigieron a uno de ellos.
«¿Podemos pedirle un autógrafo a Luz, por favor?», preguntó Laura.

«Lo siento», respondió el guardaespaldas.
«Luz no quiere que la molesten».
«Tiene que haber algún modo de lograrlo», dijo Juana.
«¡Eso espero!», exclamó su madre.
Raúl vio a una anciana sentada en un banco y con un caniche atado a una correa.
«¡Qué perro tan bonito! ¿Podemos pasearlo un rato?», preguntó a la señora.

La anciana sonrió. «¡Desde luego! Fifí estará encantado».
Mientras Raúl, Juana y Laura corrían tras Luz y sus guardaespaldas, su madre se quedó charlando con la señora.
Fifí y el perrito de Luz se pusieron muy contentos al encontrarse.

«¡Qué caniche tan adorable!», exclamó Luz.

Poco después, los hermanos conversaban con Luz como si fueran amigos de toda la vida.

«Tengo que irme», dijo Luz al cabo de un rato. «Ha sido un placer conoceros».

¡Raúl se dio cuenta de que se estaban olvidando de algo!

«¿Nos podrías dar un autógrafo, por favor?», preguntó.

«Por supuesto», repuso Luz.

Por la tarde, su madre enseñó orgullosa el autógrafo a su padre.
«¡Buen trabajo!», felicitó este a sus hijos. «¿Y a que no sabéis qué? Esta noche volveréis a ver a vuestra nueva amiga. ¡Vamos a ir todos a su concierto!».
Al terminar el recital, su padre los llevó al camerino.
«¡Pero si ya nos conocemos!», exclamó la cantante al verlos. «Vosotros sois los que paseabais ese caniche tan adorable esta mañana».

Aventura en la montaña

José y Chi emprendieron el viaje al castillo del duque Gregorio, en las cumbres nevadas de Nif Septentrional. La nieve recién caída empezó a cubrir el camino que estaban recorriendo.
«Me temo que nos vamos a perder», dijo Chi con un hilo de voz.

José vislumbró una luz tenue en la distancia.
«Puede que sea una cabaña», observó.
«Pidamos ayuda».
El muchacho llamó a la puerta y un hombre salió a abrir. «Entrad», dijo al verlos tiritando de frío. «¡Debéis de estar congelados!».
Un niño y una niña tostaban pan en la chimenea.

«Me llamo Kala», se presentó la niña. «Y él, Dalin». El niño sonrió. «Y yo soy Tor», añadió el hombre. «Mañana os indicaremos el camino al castillo del duque Gregorio, pero no podemos acompañaros», explicó Kala. «Nos han desterrado a los tres», agregó Dalin con amargura.

Su padre suspiró. «Yo supervisaba la mina de diamantes del duque Gregorio, pero desaparecieron varias piedras preciosas y él cree que las robé yo», expuso. «Así que nos expulsó del pueblo», prosiguió Kala, «y ahora tenemos que vivir aquí, al otro lado de la montaña».

Tras cenar pan, queso y frutas del bosque, José y Chi durmieron confortablemente al calor del hogar.

Al día siguiente se pusieron en camino con Kala y Dalin. Al llegar a la cima del monte vieron el castillo de Nif Septentrional, rodeado por un pueblo lleno de gente.

De repente, Kala ahogó un gritó. «Míralo», susurró a Dalin. Señaló a un hombre con una larga barba pelirroja que ascendía por la montaña.
«¿Quién es?», preguntó Chi.
«Es Jamar», repuso Dalin. «Ahora ocupa el puesto de nuestro padre en la mina. Papá cree que fue él quien robó los diamantes, pero nadie le hace caso».
José negó con la cabeza. «¡Qué gran injusticia!», exclamó indignado.

Reflexionó un instante. «Chi y yo podríamos seguir a Jamar y buscar pruebas de que es el ladrón», se ofreció. «Sí, de nosotros no sospechará», añadió Chi, entusiasmado con la idea.
José y Chi siguieron a Jamar hasta una gruta oculta en la ladera de la montaña. Tras esperar un rato, lo vieron salir de nuevo y dirigirse de regreso al pueblo.
«¡Vamos allá!», dijo José.
Chi y él se introdujeron en la cueva. Entre las sombras, el niño vio un enorme cofre de madera. Levantó la tapa y ahogó un grito: ¡estaba repleto de diamantes relucientes! Además de las piedras preciosas, también había una carta.

Era del rey Barzán y en ella indicaba a Jamar adónde enviar los diamantes. ¡Iba a usarlos para pagar a su ejército! Chi dio un silbido. «Así que Jamar trabaja para el rey Barzán...», comentó. «¡Seguro que al duque Gregorio le parece muy interesante!», exclamó José. «Vamos a llevársela al castillo».
«¡Léala!», instó José al duque, tras entregarle la carta y un puñado de diamantes.

El duque Gregorio miró las piedras preciosas y la misiva. «¡Encerrad a Jamar en una mazmorra!», ordenó a sus guardias. «Y luego id a buscar a Tor y sus hijos y traédmelos. He sido muy injusto. Pueden volver a vivir en el pueblo».
Se volvió hacia José y Chi. «El Reino de Nif tiene una deuda de gratitud con vosotros», afirmó. «Ahora que nuestro enemigo no podrá pagar a sus soldados, la guerra terminará. ¿Cómo puedo recompensaros?».
José le pidió el último fragmento del dibujo.
«¡Por supuesto!», accedió el duque.

A José le latía el corazón con fuerza.
¡Al fin iba a volver a casa!
Cuando tuvo los tres fragmentos, se apresuró a unirlos. Al instante, notó que empezaba a caer en el vacío...

Surf de nieve: ¡os va a encantar!

Era el último día de clase antes de las vacaciones de invierno. Sofía y Daniel estaban muy emocionados.
«¡Nos hemos apuntado a clases de surf de nieve!», contó Sofía a sus compañeros.
«Yo también», repuso Jaime.

«¿Y tú, Amir?», preguntó Daniel. «¿Cómo pasarás las vacaciones?». «A ver si lo adivino», interrumpió Jaime. «Jugando en el ordenador, ¿a que sí?». Amir levantó la vista y sonrió. «Has acertado», respondió. «No me gustan los deportes de invierno. Mientras vosotros tres os morís de frío, yo estaré calentito y cómodo jugando a *Safari en la nieve* en el portátil».

Diez días después tocaba la primera clase de surf de nieve. Daniel y Sofía se pusieron las gafas, el gorro y los guantes, agarraron las tablas y salieron. Había un pequeño grupo de alumnos y un hombre con un portapapeles que los iba llamando.

«¿Daniel y Sofía Gómez?».

«¡Presentes!», repusieron los gemelos.

«¿Jaime Mendoza?».

«¡Presente!», contestó el aludido.

«¿Amir Mahmud?».

Daniel y Sofía intercambiaron una mirada de sorpresa.

«¿Amir Mahmud?», repitió el instructor.

«Presente», contestó.
«Creía que no te gustaban los deportes de invierno», susurró Daniel.
«No me gustan», respondió Amir, malhumorado.
«Pero mis padres no querían que me pasara las vacaciones delante del ordenador y me han apuntado por sorpresa a surf de nieve».
Durante treinta minutos aprendieron cómo colocarse, mantener el equilibrio e inclinarse sobre la tabla.
«¿Listos para pasar a la práctica?», preguntó el instructor.
«¡Sí!», gritó casi todo el grupo.
«No», respondió Amir en voz baja.
Siguieron al instructor hasta el telecuerda que los iba a llevar a la cima de la pista de principiantes.

«Tú primero, Sofía», indicó el instructor. «Agárrate al telecuerda, échate hacia atrás y déjate llevar pendiente arriba».
En la cima, los gemelos esperaron a Jaime y Amir.
«¿Preparados?», preguntó Daniel.
«Hay mucha pendiente», objetó Amir.
Sofía colocó la tabla de lado y dobló las rodillas. Daniel y Jaime la imitaron. Amir se limitó a mirarlos.
«¡Vamos allá!», exclamó Sofía.

Avanzó unos metros y cayó sentada en la nieve.
Jaime la pasó a toda velocidad. «¡Voy muy rápido!», gritó. Viró bruscamente y tropezó con un montículo de nieve.
«¡Ahora ya no!», exclamó Sofía.
Daniel se rio y miró a Amir. «¡Tu turno!», dijo.
Pero Amir negó con la cabeza.
«Después», repuso.
Daniel se lanzó con fuerza para atrapar a su hermana. Ambos resbalaron, cayeron y rodaron por la ladera.
«¡Volvamos a intentarlo!», exclamó Sofía. Cuando llegaron a la cima, Amir seguía allí, esperando.
«Vamos, Amir», lo animó Sofía. «¡Pero si todo el mundo se cae!».
Amir sonrió y dio un paso adelante.
«Supongo que si vosotros podéis sobrevivir, yo también». Colocó la tabla, dobló las rodillas y empezó a deslizarse.

«¡Muy bien, Amir!», aplaudió Daniel. «¡Has llegado más lejos que yo!», añadió Sofía.
Justo entonces, Amir se resbaló de la tabla y cayó en la nieve.
«Se ha caído», dijo Daniel. «Vamos».
Los hermanos bajaron a ayudar a su amigo a levantarse, pero tardaron demasiado. Cuando llegaron al punto

donde había caído, Amir volvía a estar encima de la tabla y deslizándose pendiente abajo.
Sofía recorrió los últimos metros de rodillas. Daniel tropezó con ella y cayeron sobre la nieve desternillándose de risa.
Amir se les acercó. «¡Esto es mucho mejor que *Safari en la nieve*!», exclamó. «¿A qué esperáis? ¡Volvamos a subir!».

El agente doble

Juan tenía un partido importante con el equipo de fútbol del colegio.
«¡Iré a verlo!», le aseguró su madre esa mañana, al irse al trabajo.
Pero cuando Juan observó las gradas, su madre no estaba allí. Solo Ana, la canguro.

«¿Dónde está mamá?», preguntó Juan tras el partido. Su equipo había perdido 3-0 y estaba de muy mal humor.
«Me ha avisado de que tenía que quedarse hasta tarde en el trabajo», dijo Ana.
Su madre regresó cuando Juan ya estaba en la cama y entró en su cuarto a hablar con él. «Siento mucho no haber ido al partido», se disculpó. «Tengo problemas en el trabajo. Si las cosas no mejoran, puede que me quede sin empleo».
Se la veía agotada y preocupada.
A Juan se le pasó el enfado. «Mamá necesita mi ayuda», pensó.

Aquella misma noche, Juan entró a escondidas en el despacho de su madre y consultó su correo para averiguar qué sucedía.
El último mensaje era del superintendente Fernández, el jefe de su madre.

Querida agente:
Lamento comunicarle que han vuelto a filtrarse secretos a la prensa.
Ha fracasado en su misión de detectar al agente doble de la Unidad X. Me veo en la obligación de retirarla del caso.
Fernández

Juan suspiró. El asunto tenía mala pinta.
Al día siguiente, en vez de ir a repartir diarios, Juan fue en bicicleta a la sede de la Unidad X. «Voy a echar un vistazo», pensó.

Juan esquivó al guardia de seguridad y se escapó escaleras arriba. No tardó en encontrar el despacho del superintendente Fernández, pero advirtió que dentro había alguien, ya que vio luz por debajo de la rendija de la puerta.

Juan esperó escondido. Al cabo de unos minutos, se abrió la puerta. Un hombre de aspecto gruñón y con mala cara

salió, cruzó el pasillo y se dirigió al aseo. Juan lo siguió. «¡Es mi oportunidad!», pensó el niño cuando Fernández cerró la puerta. Juan trabó el pomo con una silla.

«¿Quién eres?», gritó Fernández. «¡Déjame salir!».
El chico corrió al despacho. No había tiempo que perder: necesitaba una lista de todos los integrantes de la Unidad X. Fernández había estado consultando el correo y lo tenía abierto en el ordenador. Juan hizo clic en el botón *Enviar*. Respiró hondo. «Fernández no domina

la informática», se dijo. «Envía todos sus mensajes a su lista de contactos entera ¡incluidos los directores de periódicos! ¡Es él quien filtra secretos sin darse cuenta!».

De repente, alguien lo asió del hombro. Fernández era el jefe por algo: había conseguido salir del aseo. «¿Quién eres tú? ¡Voy a llamar a la policía!», rugió el superintendente.

«Adelante. ¡Les enseñaré lo que ha hecho!», contestó Juan. «Usted es el único agente doble que hay aquí. ¡Estos mensajes lo demuestran!». Juan le enseñó lo que había descubierto.

Fernández se sentó, abatido. «¡Ha sido sin querer!», sollozó. «No sé utilizar el ordenador».

«Pues jubílese y ceda su puesto a quien sí sepa», repuso Juan. «Conozco a la persona perfecta para ocuparlo: la agente Espe Cial».

Juan se dirigió a la puerta. «Si me guarda el secreto, yo guardaré el suyo», dijo.

Se marchó a toda prisa.

Esa noche, su madre volvió a casa del trabajo de excelente humor.

«¡Me han ascendido, Juan!», le contó. Su hijo la abrazó. «¡Enhorabuena, mamá!», la felicitó. ¡A partir de ahora, sus misiones iban a ser todavía más emocionantes!
«No lo habría conseguido sin ti, hijo», siguió su madre.
«¡No sabes la razón que tienes!», pensó Juan con una sonrisa.

El regalo de despedida

Las cuatro amigas se entristecieron al saber que Nieves, su profesora, iba a marcharse del colegio.
Eva propuso que le hicieran un regalo de despedida y a todas les pareció una idea magnífica.
«¿Qué creéis que podría gustarle?», preguntó Lidia.

«Sabemos que le encantan los dulces», observó Carol. «Nos lo dijo ella misma».
«¡Ya lo tengo!», exclamó Lidia de repente. «¿Qué es lo que tuvo más éxito en la fiesta de cumpleaños de Daniel?».
«¡Las barritas de arroz inflado!», respondieron Eva, Carol y María a la vez.
«Y podemos ponerlas en una bonita caja decorada por nosotras mismas», añadió Lidia.

Después de clase, las amigas se reunieron en la cocina de Carol para preparar las barritas. Decoraron la caja donde iban a colocarlas e hicieron una enorme tarjeta de despedida.

«¡Perfecto! Guardémoslo todo en el garaje hasta mañana», propuso Carol.

Sin embargo, al día siguiente Carol tenía malas noticias. «Cerré mal la puerta», confesó. «Boby ha entrado en el garaje y se ha comido todas las barritas. Incluso ha roto la caja a mordiscos».

«¡Oh, no!», se lamentó María. Nieves se marchaba al día siguiente y ellas no iban a tener tiempo de preparar más barritas esa tarde, puesto que la abuela de Carol venía de visita desde Jamaica y estaban todas invitadas a su fiesta de bienvenida. ¡No podían faltar!
Al salir de clase fueron a casa de Carol. Su abuela estaba enseñando su álbum de recuerdos, repleto de fotografías maravillosas de su infancia en Jamaica.

También incluía recortes de prensa y entradas y folletos de lugares que había visitado, entre otras cosas.
«Me encanta hojearlo», declaró la abuela de Carol con una sonrisa.
Su nieta miró a sus tres amigas.
«¿Estáis pensando lo mismo que yo?», preguntó.
«¡Sí!», respondieron al unísono.

Iban a hacer un álbum de recuerdos para Nieves.

«Tengo una libreta nueva en mi cuarto», comentó Carol. «Podemos utilizarla».

Eva dibujaba muy bien, así que trazó unas viñetas de anécdotas divertidas que habían tenido lugar en clase de Nieves.

Las chicas también incluyeron algunos de los dibujos que habían hecho en clase de expresión artística y varios poemas que habían escrito en clase de lengua.

Lidia mostró un ejemplar de la revista del colegio. «Hay una foto grande de nosotras cuatro en la Fiesta de Fin de Curso», comentó emocionada.

«Nieves también aparece. ¡Y hay fotos más pequeñas del resto de la clase!».
Al día siguiente, las cuatro amigas entregaron a Nieves el regalo y la tarjeta de despedida.
«Es un álbum de recuerdos», explicó Eva. «¡Así no nos olvidarás nunca!».
Nieves estaba radiante de alegría.
«¡Lo guardaré como un tesoro!», exclamó.

La victoria de Vancouver

El grupo estaba a punto de terminar la gira. El último concierto lo iban a dar en Vancouver, Canadá.
Juana, Raúl y Laura pasaron la mañana paseando en bicicleta por el Parque Stanley con su madre. Tenían el océano a un lado y las montañas al otro, las vistas eran espléndidas.

Dieron de comer a los patos y se les acercó un mapache, con su característico antifaz, buscando comida.
«Hemos superado todos los retos, mamá», comentó Raúl. «¿Cuándo nos dirás en qué consiste el premio?».
«Esperad un poco», respondió su madre con una sonrisa. «Vuestro padre y yo os lo diremos hoy después de la cena».
Los hermanos estaban tan nerviosos que ninguno cenó mucho esa noche.

Al fin, su madre colocó un bolso sobre la mesa. Lo abrió y sacó la fotografía de Londres que Juana había tomado desde el avión.
A continuación, extrajo la receta de *mousse* de chocolate que Raúl había conseguido en el café de París.
«La prepararé en cuanto volvamos a casa», anunció con una sonrisa.
Después mostró la fotografía de los tres hermanos abrazando el koala de peluche que habían comprado.

Luego vino la fotografía de la caracola. La madre se la acercó a la cara. «¡Casi puedo notar el olor a mar!», exclamó. Por último, agarró el autógrafo de Luz Casas. «El concierto fue maravilloso», dijo. «¡Cómo nos hemos divertido con los retos!, ¿verdad?».

«Sí, sí, pero, por favor, ¿nos dices cuál es el regalo?», se impacientó Raúl. «¡Esto es peor que esperar a Papá Noel!».

Sus padres se rieron.

«De acuerdo», accedió su madre, sonriendo. Volvió a introducir la mano en el bolso y sacó unos billetes de avión.
«No iremos a casa directamente», explicó su padre. «¡Los billetes de regreso son para dar la vuelta al mundo! Y como ahora no tendré que trabajar, podré hacer turismo con vosotros».
«Cada uno podéis escoger un lugar al que ir», agregó su madre.
Los hermanos estaban tan ilusionados que se pusieron a hablar todos a la vez.

Cuando se serenaron, su madre inició la ronda: «Tú primero, Raúl».

«Quiero ir a Perú y conocer el lugar donde vivieron los incas», decidió.
«Yo, a Suiza», dijo Laura. «Siempre he soñado con ver las montañas y las casitas de madera».
«¡Islandia!», exclamó Juana. «Me gustaría visitar los géiseres y también ir en barco a avistar ballenas».
«¿Y tú?», preguntó el padre a la madre. «¡Al fin y al cabo, ha sido idea tuya!».
«Quiero ir a Italia y descubrir más recetas de pasta», repuso. «¿Y tú?».
«A Japón», contestó. «Me gustaría aprender cosas sobre los guerreros samuráis y ¡comer *sushi*!».
«¡Será fantástico!», exclamó Juana. «¡Gracias, mamá! ¡Gracias, papá!».
«Tengo un reto para ti, mamá», dijo Laura con una risita.
Su madre levantó las cejas. «¿De qué se trata?», inquirió.
«Nos hemos divertido tanto con los

retos que nos has propuesto», explicó Laura, «que quiero que te inventes otros nuevos para el viaje de regreso».
«¡Sí!», exclamaron Raúl y Juana.
«¡Y esta vez yo también participaré!», añadió su padre.

La aventura de Chi

José se hallaba de nuevo en su habitación, con el *Libro de Nif* entre las manos. Miró el reloj: eran las 16.15 h, la misma hora a la que se había ido.
«¡Qué viaje!», exclamó una voz chillona.
José todavía llevaba la mochila. ¡Y Chi estaba saliendo de su interior!
«¿Qué haces aquí?», preguntó José.

«Quiero vivir mi propia aventura»,
dijo Chi. «Enséñame cómo es tu barrio
y luego volveré a Nif a través del libro».
«¡Trato hecho!», aceptó José, encantado.
«Pero será mejor que te ocultes en la
mochila».
Chi volvió a su escondite y José bajó
las escaleras.
«¡Salgo a dar un paseo, mamá!», avisó.
José enseñó a su amigo el parque, las
tiendas y el colegio.
«Me encantaría ir al colegio», afirmó
Chi. «¡Debe de ser divertido!».

«Tenemos que volver», señaló José. «Pronto será la hora de cenar». «Gracias por enseñarme tu barrio», dijo Chi. Estaban en el cuarto de José. «¿Preparado?», preguntó el niño. «¡Preparado!», repuso el duendecillo. José abrió el *Libro de Nif* y Chi miró la ilustración de la primera página. Pero no sucedió nada. «A lo mejor no puedo regresar solo», sugirió Chi. «Tranquilo, iré contigo», aseguró José. Miró fijamente el dibujo, pero ni siquiera se sintió mareado. Empezó a hojear el libro y vio una nota en la que no había reparado antes.

«Me temo que no podré llevarte de vuelta», dijo José, preocupado. «Tendré que buscar a alguien que pueda hacerlo». Decidió pedir ayuda a Sara, su mejor amiga. «Se lo comentaré mañana en el colegio», prometió a Chi.
Al día siguiente, José contó a Sara la historia del *Libro de Nif*. Narró su caída dentro del dibujo y todas las aventuras que había vivido con un duendecillo llamado Chi.
«¡No me lo creo!», exclamó Sara.

«¡Mira!», replicó José.
Abrió la mochila y Chi, que estaba apoyado en el *Libro de Nif*, dedicó una dulce sonrisa a Sara.
«¡Hala!», se sorprendió ella.

«¿Qué es eso?», preguntó una voz.
Era Anselmo, el pesado de la clase.
«No es nada», dijo José.
«Pues no me lo ha parecido», replicó.
Vio el libro, que sobresalía de la mochila, y lo agarró.
«¡Devuélvemelo!», gritó José.
¿Y si abría el libro y miraba la primera página? Entonces sonó el timbre y Anselmo se guardó el libro en la mochila.
«Lo miraré después», anunció con una sonrisa odiosa.

Esa tarde, los alumnos salieron al patio a jugar a béisbol.
«José, a la primera base», indicó la entrenadora Torres.
El chico tenía un plan para recuperar el libro. No le gustaba, pero no se le ocurría nada mejor.
«No me da la gana», respondió en tono insolente.
La entrenadora lo miró muy sorprendida.
«O juegas en la primera base o te vas a clase castigado», lo reprendió.

José corrió adentro y sintió que el corazón le latía con fuerza. Fue directo a la mochila de Anselmo, tomó el *Libro de Nif* y se lo guardó en la suya.

«¿Qué tienes que decirme, José?», le preguntó con severidad la entrenadora al terminar la clase.
«Lo siento», se disculpó el niño.
«No volveré a ser maleducado».
Al salir del colegio, José fue a casa de Sara con Chi y el libro.
«¿Seguro que quieres ir?», inquirió. «Hay duendes malvados y dragones...».

«¡Claro que sí!», contestó Sara.
«¿Qué te hace pensar que no me gustan las aventuras?».
«Saluda de mi parte a la señora Pérez y al dragón», le pidió José. «Y a David, Maya, Kala y Dalin».
«Los saludaré a todos», prometió Sara.
José miró al duendecillo. «Adiós, Chi», se despidió.
«Gracias por todo. Ojalá pudieras venir conmigo», dijo Chi.
«Ojalá», repuso José. Pero en el fondo no podía evitar pensar que ya había vivido suficientes aventuras... ¡de momento!

Patinaje: el secreto de Irene

«¿Irás hoy al baile del colegio, Irene?», preguntó Sofía.
«No puedo», musitó la niña. Sacó un libro de la cartera y se puso a leer.
«No lo entiendo», comentó Sofía a Daniel al salir de clase. «¿Por qué Irene nunca se apunta a nada?».

Daniel asintió. «A lo mejor es por timidez. ¿Por qué no la invitas a nuestro cumpleaños?».
«No puedo», contestó Sofía. «Mamá nos dijo que podemos invitar a cuatro personas cada uno y yo ya he invitado a cuatro amigos míos. ¿Y tú?».
«También he invitado ya a cuatro personas», repuso Daniel.
«Iremos todos a patinar sobre hielo, ¿verdad?», comentó Sofía.
«Sí», respondió Daniel sonriendo.
«Espero aprender rápido, ¡o terminaré con el cuerpo lleno de moratones!».

El día de su fiesta de cumpleaños, Sofía, Daniel y sus amigos se tambaleaban inseguros sobre el hielo. Al notar que perdía el equilibrio, Sofía se aferró a la pared de la pista y de pronto oyó: ¡PUMBA!
Se dio la vuelta en dirección al ruido y, al ver a su hermano gateando sobre el hielo, se le escapó la risa. «¿Daniel, qué haces ahí abajo?», bromeó.

Daniel se apoyó en la pared y se puso en pie. Pero los patines se le cruzaron y... ¡PUMBA! ¡Al suelo otra vez!
Al otro lado de la pista, una patinadora inició un giro lento. Sofía, maravillada, la observó girar cada vez más rápido, hasta convertirse en un remolino de gris y negro. Cuando la patinadora se detuvo, Sofía se quedó boquiabierta: «¡Daniel, mira!».

Su hermano miró hacia donde ella señalaba. «¿Es Irene?», preguntó, igual de sorprendido que Sofía. Su hermana asintió. Ambos observaron a Irene dar saltos y giros. ¡Incluso sabía patinar de espaldas! Un hombre le iba dando instrucciones.

«¡Es increíble!», exclamó Daniel.
El hombre se alejó e Irene se quedó sola.
Sofía tuvo una idea. Aferrada a la pared, avanzó hasta la patinadora.
«¡Hola, Irene!», la saludó.
Irene se volvió, sorprendida. «¡Hola, Sofía! ¿Qué haces aquí?», preguntó. Para evitar que Sofía se cayera, la agarró de las manos.
«Daniel y yo hemos venido a celebrar

nuestro cumpleaños», explicó Sofía.
«¡Pero no tenemos ni idea de patinar!
Tú, en cambio, lo haces de maravilla».
Irene se puso un poco roja.
«Gracias», repuso con suavidad. «Me
enseñó mi padre, que es mi entrenador».
«Debes de practicar mucho», observó
Sofía.
Irene asintió. «Así es. Mi padre me ha
puesto un horario muy estricto».
Del otro lado de la pista llegó un grito
y después un ruido sordo.
«¡Menuda caída!», dijo alguien.

Sofía e Irene se volvieron y vieron a Daniel sentado en el suelo una vez más. Ambas se rieron. Después se oyó otro grito al otro lado de la pista. Ahora se había caído Jaime, que iba resbalando de rodillas sobre el hielo.
«Irene... ¿Podrías ayudarnos?», preguntó Sofía.
«Me encantaría, pero tengo que pedirle permiso a mi padre», contestó Irene.
«Ahí viene», dijo Sofía, al ver acercarse al padre de su amiga.

«Papá, es Sofía, una compañera del colegio», la presentó Irene. «¿Puedo ir a enseñarles a patinar a ella y los demás?». «¿Y tu entrenamiento?», respondió su padre con el ceño fruncido.
Se hizo una pausa. Después, Irene expuso: «Me encanta patinar, papá, pero también quiero tener tiempo para mis amigos».
Su padre sonrió. «De acuerdo», accedió. «Ya entrenaremos después».
«¡Gracias, papá!», exclamó Irene.
Con gran alegría, ofreció el brazo a su amiga. «¡Vamos a patinar, Sofía!».

La magia no existe

Lucía Rojas era pelirroja y tenía pecas en la cara. Su hermano mayor, Marcos, también. Además, a los dos les gustaban las mismas cosas: hacer rompecabezas y construir fuertes con cajas. Pero había algo en lo que eran muy distintos. Lucía creía en la magia, en el enorme poder de los hechizos y las palabras mágicas. Marcos le decía que estaba loca. «La magia no existe», aseguraba. «Todo esto son tonterías. No creo en la magia». «Cambiarás de opinión», contestaba Lucía con una sonrisa.

Llegó el día del cumpleaños de Marcos. El cartero llevó a su casa varias felicitaciones y también un paquete. «¡Es de la tía Clara!», exclamó Marcos. Con una gran sonrisa en el rostro, rompió el envoltorio. La sonrisa desapareció. *«Juego de magia: Los mejores trucos»*, leyó en la tapa de la caja.

Marcos era la viva imagen de la decepción.

Lucía levantó la tapa de la caja y extrajo una tela negra doblada.
«¡Una capa de mago!», exclamó. «¡Mira! ¡También hay una varita y un frasco de polvos mágicos! ¡Si quieres, puedes hacer magia!».
«¡Qué tontería!», respondió Marcos. «¡La magia no existe!».
Estuvieron muy atareados el resto del día. Los amigos de Marcos estaban invitados a merendar, así que debían preparar la comida e hinchar los globos.
Tras la fiesta, cuando todo el mundo se fue, Marcos preguntó: «¿Alguien sabe dónde está Patitas? No la he visto en todo el día». Patitas era la gata de Marcos y él la quería muchísimo.
«No te preocupes, volverá pronto», lo tranquilizó su madre. «A lo mejor se ha ido porque se ha asustado con el ruido».

Pero Patitas no regresó.
Ni siquiera apareció cuando se hizo de noche, y el padre de Marcos y Lucía la llamó repetidas veces. Al día siguiente, Marcos preguntó a la vecina si había visto a la gata, pero no hubo suerte.
Marcos estaba muy preocupado.

Lucía le dio el juego de magia. «Tendremos que hacer un hechizo», le explicó. «Así volverá». «No seas tonta, Lucía», replicó, furioso. «¡La magia no existe!». «¡Que sí que existe!», insistió Lucía. La niña se puso la capa, agarró la varita mágica, la agitó varias veces y empezó a recitar:

«Para que vuelva Patitas
con su dulce ronroneo,
lanzamos este hechizo
que la traerá de regreso».

«¿Qué haces?», preguntó Marcos al ver a Lucía entrar en la cocina con el frasco de polvos mágicos. «No va a servir de nada».

Lucía no le hizo caso. Llenó de comida el plato de Patitas y lo colocó junto a la puerta trasera. Después esparció polvos mágicos a su alrededor.

«Ya lo verás», dijo.

Al día siguiente, cuando Marcos se levantó

Lucía estaba en la cocina. El plato de Patitas estaba vacío, pero la gata seguía sin aparecer.
«¿De qué nos sirven ahora los polvos mágicos, eh?», sollozó Marcos.
«De mucho», repuso su hermana.
«Patitas ha vuelto y ahora ya sé cómo encontrarla».
Abrió la puerta y señaló el camino del jardín. Había un rastro de huellas plateadas que se alejaba de la casa.
«¡Claro!», exclamó Marcos. «¡Solo hay que seguirlo!».
Siguiendo las pisadas a toda prisa, llegó hasta el cobertizo y lo rodeó.

Entre los arbustos, Marcos oyó un ronroneo apagado.
«¡Mira!», dijo Lucía. «Ya te dije que la magia funciona. Patitas está aquí».
Marcos se agachó.
«Te he dicho que no existe la...», empezó.
Pero no acabó la frase. Se volvió a Lucía y le indicó que se agachara. Entre los arbustos estaba Patitas junto a cuatro gatitos.
«¡Magia!», susurró Marcos. Lucía sonrió.

El león que no sabía rugir

Había una vez un cachorro de león llamado Toby que tenía un problema: cuando abría la boca para rugir ¡le salía un chillido! Por más que se esforzaba, no conseguía emitir un rugido de verdad. El pobre ya no sabía qué hacer. Además, los otros cachorros se reían de él.
«A lo mejor no soy un león de verdad»,

pensó, entristecido, y se adentró en la selva. Al cabo de un rato se detuvo a descansar. Cerca de allí, un grupo de ratones jugaba debajo de un arbusto. A Toby le gustaba jugar a perseguirlos, pero se sentía tan infeliz que no tenía ánimos ni para intentarlo.

«¡Cuidado, un león!», chilló un ratón. Los ratones se asustaron y echaron a correr.

«No voy a haceros daño», musitó Toby. «Yo también soy un ratón. Escuchad». Toby abrió la boca y solo le salió un chillido agudo.

«¿Puedo quedarme con vosotros, por favor?», rogó. «No tengo donde ir».

Los ratones deliberaron y, al cabo de un rato, el mayor de ellos dijo: «Si chillas de esta manera es que debes de ser un ratón. Nos parece bien que te quedes con nosotros».

Así que Toby siguió a los ratones hacia el interior de la selva.

Poco después, el mayor de los ratones se quedó muy quieto y olisqueó el aire.

«Huele a elefantes», dijo. «Y están muy cerca».

«¿Qué hacemos?», chilló el ratón más pequeño. Estaba muy asustado.

«¡Corred!», gritó el ratón mayor.
Toby y los ratones echaron a correr con todas sus fuerzas. Sin embargo, como Toby era mucho más grande que los ratones, estuvo a punto de aplastarlos.
«¡Ten cuidado, Toby!», lo reprendió el ratón mayor. «¡Vas a chafarnos!».
Cuando dejaron de correr, el ratón volvió a olisquear el aire.
«Estamos a salvo», anunció. «Vamos a buscar comida».
Los ratones recogieron todos los frutos que encontraron y formaron una montaña con ellos para compartirlos. Sin embargo, Toby creyó que eran todos para él y los engulló de un solo bocado.
«¡Deliciosos!», exclamó.
«¡Eran para compartir entre todos!», lo riñó el ratón mayor.
«¡Lo siento!», se disculpó Toby.
Después los ratones recogieron hierba y ramitas para construir un refugio.

Sin embargo, cuando Toby intentó entrar, como no cabía porque era demasiado grande, la casita se derrumbó.
«Has destruido nuestra casa, te has comido nuestros frutos y has estado a punto de pisotearnos», dijo el ratón mayor muy enfurecido. «Queremos que te marches ¡ya!».
Toby se fue lentamente, con el rabo entre las piernas. Se sentía muy triste.
«¿Qué va a ser de mí?», pensó.
Entonces, oyó una voz a sus espaldas:
«¡Eh, tú, espera un momento!».
Era uno de los ratones. «¡Tú no eres un ratón, eres un león!».

«Pero chillo como un ratón», repuso Toby con tristeza.

«No te preocupes», respondió el ratón. «Te ayudaré a aprender a rugir».

El ratón saltó en un charco y salpicó a Toby. Este intentó rugir, pero solo le salió un chillido.

Entonces el ratón le gritó: «¡Eres el león más tonto que he visto en mi vida!».

Toby se enfureció, abrió la boca y soltó un enorme... CHILLIDO.

«¡Vaya!», dijo el ratón.

El ratón decidió ir a refrescarse al río. Toby se sentó a la orilla, preguntándose si algún día sería capaz de rugir. De repente, vio de reojo un enorme cocodrilo que nadaba en dirección al ratón.

Toby se levantó de un salto e intentó avisar al ratón, pero ¡solo le salió un suave chillido! El cocodrilo estaba cada vez más cerca del pobre ratón.

«Es mi última oportunidad», pensó Toby. Volvió a abrir la boca, tomó una bocanada de aire gigantesca y soltó un enorme y terrorífico... ¡¡¡RUGIDO!!!

Al oír rugir a un león, el cocodrilo se asustó y se fue.

El ratón nadó hasta el león. «¡Ya te dije que te haría rugir!», exclamó, con una sonrisa.

Toby y el ratón se hicieron grandes amigos. Toby volvió a jugar con los otros cachorros y fue un león muy feliz, pero nunca olvidó al ratón que le había enseñado a rugir.

La princesa fea

La princesa Constanza vivía en un fastuoso palacio de un país remoto. Era sumamente hermosa, pero ella lo ignoraba por completo. Cuando se miraba al espejo, este le devolvía la imagen de una joven de aspecto grotesco. «¡Qué fea que soy!», suspiraba para

sus adentros. «No existe nadie tan poco agraciado como yo».

Los padres de la princesa Constanza, el rey Odón y la reina Beatriz, eran muy severos. Sabían que su hija era la joven más hermosa del país, pero no querían que lo supiera. A los monarcas les preocupaba que la princesa se convirtiera en una presumida. Por eso, hicieron retirar todos los espejos del palacio, excepto uno. Ese único espejo, que se encontraba en el dormitorio de la princesa, estaba trucado. Por eso, cada vez que Constanza se miraba en él veía a una joven feísima. La princesa Constanza era muy alegre y agradable, así que no se preocupaba por su aspecto físico. Era amable y alegre y todo el mundo la quería muchísimo. El rey y la reina también eran muy estrictos en cuanto a los lugares a los que la princesa tenía permitido ir. Así pues, la joven permanecía en palacio o bien paseaba por sus inmensos y frondosos jardines. A Constanza le encantaba recorrerlos acompañada de su perra Norca, que correteaba a su lado.

Una tarde, salió a pasear como de costumbre. «¡Cómo me gustaría ser bonita!», le dijo a Norca, acariciándole la cabeza. «Pero nunca lo seré, así que no volveré a pensar en ello».

El día era soleado. Mientras andaba

por los jardines, la princesa contempló los vivos colores de las flores, el hermoso cielo azul, sin apenas nubes, y los alegres pajarillos que volaban a su alrededor. Estaba tan absorta en la belleza que la rodeaba que no se dio cuenta de que había salido de los terrenos del palacio y se hallaba en un pueblo cercano. A medida que la princesa bajaba por la calle, una gran muchedumbre fue agolpándose a su alrededor. Constanza se dio cuenta de que todos la miraban.

«¿Qué sucede?», preguntó con voz temblorosa. Pero nadie respondió y cada vez se detenía más gente a contemplarla. Algunas personas se decían cosas al oído al verla y dos jóvenes hicieron

una reverencia a su paso. Más adelante, un hombre se quitó el abrigo y lo puso en el suelo para que ella pasara por encima. Se sentía confusa y avergonzada.

«¿Por qué todo el mundo se comporta así?», se preguntó. «¡Se están burlando de mí! Me miran de este modo porque no pueden creerse que exista una persona tan fea en este mundo».
Al borde de las lágrimas, la princesa Constanza se alejó de la muchedumbre y se refugió en un edificio cercano. Aunque estaba a oscuras, vislumbró una habitación con una pequeña ventana. Había un joven sentado a la mesa con la cabeza apoyada en las manos. Tenía la espalda jorobada y la ropa hecha harapos. Cuando levantó la cabeza, la princesa Constanza vio que era feísimo. El joven volvió a ocultar su rostro rápidamente.
«¡Por favor, no me mires!», suplicó.
La princesa sintió una profunda compasión por él y le tendió la mano.
«No te ocultes», le dijo con suavidad. «Tu aspecto físico no me importa lo más mínimo».

El joven la miró. Su rostro era deforme, pero su mirada estaba llena de bondad. «Gracias», respondió. «Nunca me había hablado con tanta dulzura una persona tan hermosa como tú».
Tomó la mano que la princesa le tendía. «Hermosa... ¿yo?», se asombró Constanza. Lo que sucedió a continuación la sorprendió aún más. Cuando sus manos se entrelazaron, el joven se transformó en un apuesto príncipe.

Y así fue como la princesa descubrió que era hermosa. El príncipe y ella se enamoraron a primera vista. Él le contó que al nacer había sido víctima de un hechizo que solo se podía romper si una bella princesa lo trataba con amabilidad. El día de su boda, el rey y la reina pidieron a la princesa que los perdonara por haber sido tan severos. Constanza los perdonó. ¡Si no hubiera sido por ellos, nunca habría conocido a su príncipe azul!

La canción de la selva

La selva no está en silencio. Escondidos entre la vegetación, los animales se llaman los unos a los otros y charlan entre sí todo el día.

Una ruidosa mañana, a la serpiente se le ocurrió una gran idea mientras tomaba el sol enroscada a una rama. Le contó la idea a un tucán que estaba muy atareado abriendo frutos secos. Este la escuchó con gran atención y luego ladeó la cabeza y parpadeó.

«¡Es una gran idea!», graznó. «Mejor dicho, ¡es una idea MAGNÍFICA! ¡Voy a contársela a los demás animales!».

Al poco tiempo, todas las aves y demás animales de los árboles cercanos conocían la idea de la serpiente. Incluso el cocodrilo, que merodeaba entre las sombras, se había enterado. A todo el mundo le encantó la idea: montar un coro. ¿Cómo no se le había ocurrido antes a nadie?

Se terminarían los desagradables gritos y aullidos de la selva y solo se oiría el melodioso sonido de la música.
Todo el mundo quería participar. Al poco tiempo, los animales habían escogido una canción y estaban empezando a ensayar.
El resultado fue asombroso. Tras años de charlar el día entero en la ruidosa selva, a los animales se les daba tan bien escucharse unos a otros que al mediodía ya cantaban como si llevaran toda la vida en el coro.

«¡Uooo, uooo!», cantaban los tucanes.
«¡Tam, tam, tam!», tamborileaba el cocodrilo en un tronco de árbol.
«¡Sss, sss, sss!», silbaba la serpiente, enroscándose a una rama.
«¡Uh, uh, uh!», chillaban los monos, meciéndose de la cola al ritmo de la música.
«¡Suena genial!», exclamó la serpiente.
«¡Repetimos!», graznó el tucán. «¡A la de una, a la de dos y a la de tres!».

¡Uooo, uooo! ¡Sss, sss, sss!
¡Uh, uh, uh!
¡Tam, tam, tam!

La canción era casi perfecta y los animales estaban a punto de llegar al final cuando... ¡¡¡CUAAAC!!!
«¿Qué ha sido ese ruido?», preguntó el tucán. «Bueno, repitamos otra vez», propuso. «¡A la de una, a la de dos y a la de tres!».

Los animales iniciaron la canción y, cuando estaban a punto de terminar... ¡¡¡CUAAAC!!! Todos se volvieron y vieron a un papagayo.
«¡Cuaaac!», graznó, tan ufano.
El tucán decidió intervenir. «Veo que hay una nueva incorporación al coro. ¿Podrías cantar un poco más bajo, sobre todo al final, por favor?».
«Creo que a la canción le falta un final

espectacular», replicó el papagayo.
«Si queréis, puedo cantar aún más alto.
Escuchad: ¡¡¡CUAAAAAAAC!!!».
«¡Nooooo!», gritaron los tucanes y los monos y los colibríes y la serpiente y el cocodrilo.
«Intentémoslo otra vez», sugirió el tucán.
«Esta vez, papagayo, podrías cantar hacia la mitad de la canción y... ejem... aletear al final».
El tucán volvió a dar la entrada: «¡A la de una, a la de dos y a la de tres!».

¡Uooo, uooo! ¡Sss, sss, sss!
¡Cuac, cuac! ¡Uh, uh, uh!
¡Tam, tam, tam! ¡Cuaaac!

«¡Perdón!», graznó el papagayo.
«El ruido del final lo he hecho yo».
Había batido las alas con demasiada fuerza y se había caído de la rama.
«¿Y si suprimimos el batir de alas del final?», propuso el tucán.

«¡Pero yo quiero cantar!», protestó el papagayo.
«Bueno, pues aletea un poco menos», repuso el tucán. «Repitámoslo una vez más: ¡A la de una, a la de dos y a la de tres!».
¡Era insoportable!
«Me he emocionado un poco al final», se excusó el papagayo.
«Es que me muero de ganas de intervenir».

«¡Ya lo tengo!», exclamó el tucán. «En todo coro tiene que haber un director, así que ¿por qué no lo es el papagayo? ¡Sabe mover las alas!».
«Podría intentarlo, si creéis que lo haré bien», contestó el papagayo.
«¡Lo harás bien!», respondieron todos.
«Pues... ¡allá voy! ¡A la de una, a la de dos y a la de tres!», indicó el papagayo.
Desde entonces, la hermosa música del coro de la selva flota en el aire. ¡Y solo se oye algún pequeño graznido de papagayo de vez en cuando!

Max el mago

Max tenía seis hermanos y eran todos mayores que él. Curiosamente, su padre también tenía seis hermanos y también eran todos mayores que él. La madre de Max decía que el séptimo hijo de un séptimo hijo siempre era un mago de inteligencia excepcional. Lo decía en broma, pero Max se lo creía a pesar de

que no era capaz de hacer magia y solo tenía seis años. A Max le encantaba pensar que era un mago de verdad. Se lo contó a todos sus hermanos, tíos y amigos, pero nadie le hizo caso. Se rieron y dijeron: «Claro, claro».

Los martes por la tarde, Max tenía clase de dibujo y pintura en el colegio.

Un día se fabricó un sombrero en forma de cucurucho con una cartulina negra. Le pegó un montón de estrellas plateadas y también un relámpago de papel de aluminio.
Después se hizo una varita con un palo y otra estrella plateada. ¡Era genial! Parecía que fuera a funcionar, como si estuviera repleta de poderes mágicos a punto de estallar y así hacer algo asombroso.
Max practicó los movimientos de varita. ¡No quería que los trucos le salieran mal por culpa de un movimiento erróneo! Sus amigos se burlaron de él y le preguntaron que cuándo haría magia de verdad. Max sabía que no se creían que él fuera un mago. Por un momento pensó en convertir a Juan, su mejor amigo, en una rana, solo para ver qué cara ponían los demás. Pero no, un mago no debía comportarse así. Además, no le haría ningún daño practicar primero cómo convertir objetos en ranas.

Max y sus amigos buscaron algo que nadie fuera a echar de menos. Encontraron un cubo viejo y Max movió la varita por encima del mismo con elegancia. «¡Abracadabra!», recitó. Era la única fórmula mágica que conocía. El cubo no experimentó ningún cambio y sus amigos se rieron de él. Hicieron lo mismo cuando intentó convertir un cono de tráfico en un helado gigante o un tronco de árbol en un flan de chocolate. Max empezó a desanimarse. Al día siguiente, Flora, la maestra de Max, llevó a toda la clase al parque. Max olvidó llevar consigo el sombrero y la varita.

Estaba harto de que todo el mundo se burlara de él. Las personas sin magia no entendían nada de nada.
Cuando llevaban ya un rato en el parque, oyeron un fuerte chisporroteo y empezó a oler a humo. ¡Era un incendio! Los niños vieron unas llamas enormes que avanzaban en dirección a unas casas cercanas al parque.
«¡Oh, no!», gritó Juan, el amigo de Max. «¡Mi casa está allí! ¡Va a incendiarse también!».
Flora dijo que su casa también estaba cerca del lugar al que se aproximaban las llamas. La maestra reunió a los niños y los llevó a un lugar seguro.

Se notaba que estaba muy preocupada. «¡Qué pena que me haya dejado la varita!», dijo Max a Juan, que andaba a su lado. «Podría haber hecho así», Max señaló al cielo con un dedo, «y haber dicho, por ejemplo... ¡EMPANADILLAS Y PALOMITAS!». Al pronunciar estas palabras, un enorme rayo le salió del dedo y subió hasta el cielo. El trueno fue tan ensordecedor que todo el mundo cayó al suelo. Después el ruido se fue apagando, hasta desaparecer. Max se miró el dedo con asombro. Una enorme sonrisa se dibujó en su rostro.

«O también podría señalar así», añadió, «y decir: ¡CREMA DE CACAO Y PATATAS FRITAS!».

Esta vez el rayo fue aún más luminoso y el trueno aún más atronador. Entonces Max señaló con las dos manos y empezó a recitar todo lo que se le venía a la cabeza.

Un enorme relámpago surcó el cielo, seguido de un espantoso estruendo de truenos.

El cielo se oscureció y empezó a diluviar, pero solo sobre el lugar donde ardían las llamas. Donde ellos estaban, el cielo seguía siendo azul y soleado. Todos los niños felicitaban a Max, maravillados de sus poderes mágicos.
Max había apagado el fuego y salvado las casas. Después de todo, no había necesitado ni el sombrero ni la varita, y tampoco ninguna palabra mágica.
La magia estaba
en él, en Max.
Max, el héroe.
MAX... ¡EL MAGO!